JN217533

クラリッサ・オルティスのささやかな願い

没落令嬢と成り上がり商人の恋のレッスン

ナツ

illustration 宵 マチ

ICHIJINSHA IRIS NEO

CONTENTS

この作品はフィクションです。
実際の人物・団体・事件などには関係ありません。

クラリッサ・オルティスのささやかな願い

没落令嬢と成り上がり商人の恋のレッスン

第一章　困窮

クラリッサ・オルティスは何度見ても変わらない帳簿の数字を前に、頭を抱えた。

このままでは年に一度の納税に間に合いそうにない。またしても借金が増える。いや、増える余地すらもう残っているかどうか。

オルティス侯爵家の財政が火の車だということは、今では誰もが知っている。没落の一途を辿る家系図だけは立派な貴族に、一体誰が援助を申し出るだろう。

オルティス家はセルデン王国を建国したバルドゥル王に連なる名門中の名門だ。クラリッサの曽祖父の代までは、それは豪奢な暮らしをしていた。貴族がただ貴族であれば良かった古き懐かしき時代、オルティス家は全盛を誇った。

だが、時は移り変わるもの。周辺諸国の例に漏れず、この国も近代化の波に飲み込まれた。

多くの発明品が生み出され、商工業が発展してゆき、一代で財を築く者も増えた。やがて労働者達は、一方的な搾取に不満を覚えるようになった。

時代の風を読んだ賢い貴族らは、働くことを覚えた。正確には、労働者を正しく行使することを。

ところがクラリッサの祖父は、頑なに時代の変化を拒んだ。

「尊き血筋の者は、常に奉仕される側であるべきだ」という信念を生涯貫き通し、クラリッサの父にも同じ思想を植え付けた。他は何もしなかった。凛と頭をあげ、オルティス家がみるみるうちに貧しくなるのをただ見ていた。

祖父が家名と心中するつもりだったのなら、何故跡継ぎを残したのか。それも『尊き血筋の義務』だったというのだろうか。クラリッサは祖父を恨まずにいられない。

いっそ彼の代で終わってくれれば良かった。そう思ってしまう日もあった。

クラリッサと二人の妹は今、一日をしのぐパンすら満足に得ることが出来ないのだから。


考え込んでいたクラリッサの耳に、扉を叩く音が飛び込んでくる。

彼女はハッと我に返り、「入って」と短く答えた。帳簿を閉じ、立ち上がる。姿を見せたのは、すぐ下の妹・シルヴィアだった。

「お姉様。お客様がお見えになったわ」

「お客様？　どなたかしら。それより……」

メリルは？　と問いかけそうになり、クラリッサは自嘲した。

来客を知らせてくれる執事はもういない。つい先日、使用人全員に暇を出したばかりだ。

「私達が出て行けば、この屋敷はどうなります？　お嬢様方とお館様の面倒は誰が見るのです？」

オルティス家に長年仕えてきたメリルや使用人は、口を揃えて解雇を渋った。もう何ヶ月も満足な給金を払えていないというのに、自分達よりもクラリッサらのことを心配してくれたのだ。

「どうにかするしかないわ。……心配してくれてありがとう。でももう、限界なのよ」

全員の食事代さえ捻りだすことが難しくなっていることを、クラリッサは言外に訴えた。このままでは共倒れになると気づいたのか、彼らはようやく頷いてくれた。

解雇する前に次の奉公先を見つけ、紹介状を書いてやらなければ。使用人達は皆優しく、優秀だ。彼らを手厚く扱ってくれる雇い主を自分で探したい。

クラリッサは適当に選んだ招待状に出席の返事を書いた。社交場へ出るのは母が亡くなって以来だ。流行遅れのドレスに袖を通し、そっと屋敷を出る。オルティス家の馬車は、とっくにない。

仕方ないので、クラリッサはなけなしの銀貨をはたいて馬車を借りた。

夕闇の中、煌々と照らされた屋敷の前にずらりと並ぶ家紋入りの立派な馬車。クラリッサはそれらを遠目に見ながら、少し手前の路地で馬車を降りた。

御者の老人は、大勢の招待客で賑わう立派な屋敷とクラリッサを見比べ、首を傾げていた。

パーティに居合わせた客の視線は、久しぶりに姿を見せたオルティス侯爵家の長女へと向けられた。同情と好奇心に満ちた視線を浴びたクラリッサは、何とも居た堪れない思いを味わった。本音を言えばすぐにでも家へ戻りたかったが、どうにか我慢し目当ての人物を見つける。

「おじさま！」

「ああ、クラリッサじゃないか。久しぶりだね」

クラリッサがおじさまと呼んだリューブラント伯爵は、クラリッサに親しみの籠った笑みを向けた。伯爵は、クラリッサの父の学友だ。彼は昔から、クラリッサ達にも何かとよくしてくれている。

リューブラント伯爵は、快くクラリッサの頼みに頷いた。

「――なるほど、話は分かった。しかし使用人がいなくては不便だろう？　一旦うちで引き取って、そちらに通わせることにしよう」

彼は心配そうに眉を寄せ、援助を申し出てくれた。

クラリッサはきつく手を握りしめ、誘惑と戦った。

恥知らずに成り下がれば、明日からも変わらない生活が出来る。すでに高額の借金をしている恩人に、更に使用人の面倒まで見させ、給金を払って貰うことが出来るのなら。

「おじ様のご厚意には、本当に感謝しています。でも、大丈夫ですわ」

クラリッサは気力をかき集め、まっすぐ背筋を伸ばして微笑んだ。

親戚でもない彼に、これ以上迷惑をかけるわけにはいかない。彼女は他にあてがある、と嘘をついて伯爵を安心させた。

「それで彼は、どんな風だい？　見舞いの品を送るだけの薄情な友ですまないが、頼むから来てくれるなと念押しの手紙まで貰ってしまってはね」

伯爵は小声でクラリッサの父の容体を尋ねてきた。

見栄っ張りの父は、旧友に今の状態を見られたくないのだろう。病に倒れる前は、娘の前であっても決して弱いところを見せない男だった。

「……残念ですが、もう長くはないかと」

「そんなに悪いのかい？」

「すっかり衰弱しておりますし、薬もろくに受けつけません。一日中微睡んでおりますわ。母が亡くなったことが、やはり酷く堪えたようです」

「そうか。……二人はとても仲睦まじかったからね」

リューブラント伯爵は、痩せ細ったクラリッサを彼女には悟られないように観察し、心の中で深く溜息をついた。

オルティス侯爵夫妻がまだ元気だった頃にはなかった諦観の色が、クラリッサの容色を翳らせ、すっかり年寄りに見せている。元は、勝気な瞳と愛らしい唇が印象的な、美しい娘だった。

クラリッサはまだ二十三だ。

本当なら、新調したばかりのドレスに身を包み、立派な青年達に取り囲まれていたに違いない。

伯爵は、クラリッサが哀れでならなかった。だがその気持ちを態度に出せば、彼女は酷く傷つくだろう。クラリッサは気高く、人に甘えることを良しとしない。そんなところは、オルティス侯爵によく似ていた。

「やはり近々、見舞いに寄らせて貰うよ。滋養のつくものを食べれば、少しはいいかもしれない」

リューブラント伯爵の返答に、クラリッサはゴクリと喉を鳴らした。

滋養のつかないものでもいい。お腹いっぱい食べたい。

瞬時に浮かんだ浅ましい欲望に、すぐさまクラリッサは恥じ入り、小さく首を振った。

「本当にありがとうございます。ですが、父は誰にも会いたくないと言っております。おじ様には、健康だった時の姿を覚えておいて欲しいのでしょう。どうか、汲んでやって下さい」

クラリッサは最後に使用人のことをもう一度頼み、深々とお辞儀をしてその場を退出した。

帰りの馬車代はない。クラリッサは外套(がいとう)のフードを深く下ろし、身分を知られないようにしながら屋敷まで帰らなければならない。空腹で痛む胃を押さえながら玄関を出ようとした時、一人のメイドに声をかけられた。

若いメイドは、ずしりと重たいバスケットを差し出しながらこう言った。

「何も供さず帰すのは失礼にあたると主人が申しております。どうぞこちらをお持ち下さい」

どうやらパーティの主催者がクラリッサを哀れみ、施しを授けてくれるらしい。

クラリッサはカッと頬を赤らめた。

どこからどこまでを見られていたのだろう。古ぼけたドレスを着て貸し馬車でやって来たかと思えば、旧知の貴族に使用人を引き取ってくれるよう頼み込み、そそくさと逃げるように去って行く。落ちぶれた侯爵令嬢の姿は、主催者側だけでなく、今夜ここにいる者全員の目にさぞ滑稽(こっけい)に映ったことだろう。

本当は「結構です」と突っぱねたかった。だが、屋敷で待つ二人の妹のことを思えば断ることは出来ない。自尊心など何の役にも立たないのだと、祖父と父が示しているではないか。

「……ご厚情に感謝しますと、お伝え下さい」

クラリッサは掠(かす)れた声で返事をし、バスケットを腕に抱えた。それから、よろよろと歩き出す。

ようやく屋敷が見えてきた頃には、クラリッサは限界を迎えていた。

ずきずきとつま先が痛む。パーティ用の華奢(きゃしゃ)なブーツは彼女の足を全く保護しなかった。

身体はくたくたで、あまりの惨(みじ)めさに頬だけがまだ熱い。

二人の妹が起きて待っていてくれなかったら、クラリッサは馬鹿げたブーツを脱ぎ散らし、大通りへと走り出て、馬車の前に飛び込んだかもしれない。

「どうなさったの、お姉様！　馬車でお戻りでは？」

すぐ下のシルヴィアは顔を青ざめさせたが、末妹はバスケットを見て瞳を輝かせた。

「おかえりなさい、お姉様。もしかして、お土産があるの？　それはなあに？」

「リリー。みっともない真似はおよしなさい」

「なによ。シルヴィア姉様だって、気になってる癖に」

クラリッサは、張りつめていた気持ちがふわりと解けていくのを感じた。

優しいシルヴィアと活発なリリー。二人の妹はクラリッサの支えだ。彼女達がいなければ、とうにクラリッサの心は折れていただろう。

シルヴィアには「歩いて帰りたい気分だった」と言い訳し、クラリッサはリリーの手にバスケットを渡した。

「あなた達にお土産を頂いてきたわよ。二人で分けてお食べなさい」

「わあ、お姉様ありがとう！」

リリーは小躍りしそうな勢いで喜び、早速バスケットの蓋を開けている。

「すごいご馳走ね！　……お肉に白パンに、葡萄酒まで入ってる！」

「葡萄酒は台所に置いておいて。料理に使うから」

「分かったわ。ねえ、お姉様。寝る前に、少しだけ。ほんのちょっぴり味見してもいい？」

「もちろんいいわよ」

クラリッサが頷くと、リリーはぱあっと瞳を明るくした。

「嬉しい！　実はお腹が空いて眠れなかったの」

「リリー！」

シルヴィアはすかさずリリーを窘めたが、クラリッサはただ胸が痛かった。

十五になったばかりの末妹は、育ち盛りだ。それなのに、満足に空腹を満たしてやることも出来ない。

「お姉様の分は？」

去り際シルヴィアに尋ねられ、クラリッサはにっこり笑ってみせた。

「パーティへ行ったのよ？　沢山食べてきたに決まってるじゃない」

勘の良いシルヴィアはクラリッサの嘘に気づき、唇を噛んだ。

姉の顔色は酷く悪い。心ゆくまで食事を楽しんできたようには見えなかった。

「……いつも、本当にごめんなさい。私にも何か出来たらいいのだけど」

「あなたはもう充分助けてくれているわ」

クラリッサはシルヴィアの頭をそっと撫で、自室へと戻った。

そして、二人が寝静まるのを待って、台所で水を沢山飲んだ。何かで胃を満たさないと眠れないからだ。靴擦れで皮がめくれたかかとの傷に塗り込む軟膏は見つからなかったので、水に濡らした布で丁寧に拭うだけに留める。

翌日クラリッサは、母の遺品の中から換金出来そうな宝飾品をかき集め、それらを売り払いに出掛けた。貴族の出入りするような店では売ることは出来ない。クラリッサは、下町まで足を伸ばすことにした。買い取り屋の主人は、好奇に満ちた目でクラリッサをじろじろ眺めた。宝飾品は安く買い叩かれたが、クラリッサはそれに気づかず、これで使用人達の最後の給金が払えると胸を撫で下ろした。

それが半月前のこと。

涙を浮かべて後のことを案じる使用人達に紹介状と金貨を握らせ、リューブラント伯爵のもとへ送り出したのは昨日のことだ。

クラリッサは、シルヴィアに向かってゆっくり首を振った。

「お父様は誰にもお会いにならないわ。お断りして頂戴」

「それが、お姉様をご指名なの。リューブラントのおじ様に紹介して貰ったそうよ」

クラリッサは軽く眉を上げ、シルヴィアから名刺を受け取った。

シルヴィアも客人の素性が気になるらしく、隣から覗き込んでくる。

「リュシアン・マイルズ様、と仰るのね。お姉様の知っている方？　どちらの家の方かしら？」

「いいえ、初めて聞く名前だわ。……爵位はお持ちじゃないみたい」

クラリッサは名刺の裏表を慎重に調べ、細い息を吐いた。

「確かにおじ様のサインがあるし、身元は確かなようね。使用人の件かもしれない。とにかく会ってみるわ。応接室にはお通ししてある？」

「ええ。リリーがお茶を持って行くって」

「茶葉なんてまだ残っていたかしら？」

クラリッサの懸念通り、台所に客に出せるような茶葉はなかった。

だが客人に水を持って行くわけにもいかない。リリーは考えた末、裏庭で摘（つ）んだアミデラの葉を揉（も）み込んで煮出してみた。

最近のリリーの趣味は、食べられる野草探しだ。

姉の目を盗んでは、広いだけの荒れた庭をうろつき、毒性のない草や葉っぱを探している。油で揚げても美味（おい）しいし、乾かせば茶葉の代わりにも出来る。

昨日まで台所にいた料理メイドのルノンも、嬉々（きき）としてリリーを手助けしてくれた。

「毒がなけりゃいいんですよ。まずちびっとだけ齧（かじ）って、飲み込まずに苦味や痺（しび）れがないか確かめるんです」

ルノンは真面目な顔で教えてくれた。「色鮮やかな野草は要注意」というのも、ルノンから教わった見分け方のコツだ。そんなリリーが最近見つけて気に入ってるのが、アミデラだった。

リリーは応接間へと向かい、クラリッサから教わった通りまず扉をノックした。

「はい」

すぐに返事が聞こえる。なかなか素敵な響きの声の持ち主だ。

リリーは精一杯畏（かしこ）まって扉を開けた。

「ようこそいらっしゃいました」

リリーは軽く膝を折り、茶器の載った盆を応接テーブルの上に置いた。

その間、中にいた男性は座ったままだ。

彼の振る舞いがクラリッサの教えと違うことに、リリーは少し腹を立てた。

淑女が部屋に入って来た場合、殿方は席を立つとお姉様は仰っていたのに。もしかして、子供だと思って馬鹿にされているのかしら。

リリーはソファーの脇に立ち、不躾な客人をじっと見つめた。

年の頃は、二十代の半ばだろうか。立派な身なりの青年は、焦げ茶色の髪に、灰みがかった深青の目をしている。よく鍛えられ引き締まった体つきであることは、洒落たスーツの上からでも分かった。

男の顔立ちは甘く整っている。くっきりとした二重瞼とすっと通った鼻筋に目を留め、リリーは羨望の眼差しを向けた。彼女は父親から受け継いだ一重瞼と丸い鼻を気にしているのだ。

一見完璧な紳士だが、青年はどことなく粗野な雰囲気を纏っていた。

彼は膝の上に両肘をつき、挑発的な上目遣いでリリーを見つめ返して来る。

「俺はクラリッサという名前のお嬢さんに用があるんだが、まさか君じゃないよな？」

「いいえ、違います」

「良かった。こんな子供じゃ後味が悪過ぎる。悪いが、飲み物は結構だ」

「まあ、どうして？」

リリーは彼の台詞の後半部分だけを聞き咎めた。

せっかく淹れてきたのに、と不満げに唇を尖らせる。

「不味くはなくてよ」

「味の問題じゃない。自分で買ったもの以外には口をつけないことにしてる」

青年は尊大に言い放った。

やはりこちら側の人間ではない。リリーは口調とその言葉で判断した。

貴族は自分でお茶を買ったりしない。使用人が買ってきたものにあれこれ注文をつけるだけだ。

もしかして、御用聞きの商人だろうか。だが、うちに何かを注文する余裕はないはず。

「何をしにいらっしゃったの？」

リリーは嫌な予感を覚えながら尋ねた。

母はもういない。父は寝たきりだ。長姉のクラリッサが一人で、この家を必死に守ろうとしている。

その姉を困らせに来たのなら、容赦はしない。

「……その前に、君は？」

「私は、リリー・オルティスよ」

「そうか、俺はリュシアンだ。リュシアン・マイルズ」

青年はその時になってようやく立ち上がり、リリーに手を突き出してきた。

ポカンとしたリリーの顔を見て、彼は苦虫を噛み潰したような表情になる。

「握手はしないんだったか？　貴族ってのは、決まりが多くて嫌になるな」

握手自体はもちろんしてもいい。ただ、男性が女性と握手をする場合は、女性が手を差し伸べるのを待たなくてはならない。リリーはそう教わっていた。

「――あなたは、一体何者？」

誰が相手であろうと不躾な質問をするべきではないというマナーを破り、リリーは率直に尋ねた。

「ただの貿易商だよ。君の姉さんと取引しに来た」

「うちにお金なんてないわよ」

「そんなの知ってるさ」

不敵に微笑みながらリュシアンと名乗る男は言い放った。

「だが、売るものはまだ残ってるだろ？」

リリーは今度こそ、一歩後ずさった。

扉が開いたままの応接室に入ったクラリッサを待ち受けていたのは、大粒の涙を零(こぼ)している末妹と、途方に暮れた様子で立ち尽くしている青年だった。

「お願い、お姉様！　私、いい子にするから。だから私を売らないで！」

自分に飛びつき、泣きながら訴えて来る妹にクラリッサは戸惑った。

青年は慌(あわ)てて首を振る。

「違う、そんな話はしてない！」

クラリッサはリリーを優しく抱き締め、膝を軽く曲げて妹と視線を合わせた。

「落ち着いて、リリー。お客様の前で大声を出してはいけないわ」

「だって、お姉様。この方、きっと人買いよ！」

「失礼なことを言わないの。また図書室で変な本を読んだのね」

空想癖のあるリリーは、ちょっとしたことを大げさに捉える傾向がある。そしてその傾向に拍車をかけているのは、奇妙な話を集めた幻想小説や、登場人物が波乱万丈な目に遭うロマンス小説だった。

一度図書室の蔵書を点検し、末妹に有害なものがないか調べなくては。

クラリッサは密かに決意しながら何とか妹を宥め、絶対に売買契約書にはサインしないと約束したうえで、リリーを応接室から追い出した。

静かになった部屋で改めて客人に応対しようと向き直った瞬間、テーブルの上に放置されていたお茶が目に入る。クラリッサは目をこすりたくなった。

緑色をした飲み物。あれは一体何だろう。

東方のお茶の色が緑だと聞いたことはあるが、うちに輸入品を購入するだけのゆとりはない。

クラリッサはさりげなく茶器の載ったトレイを横にずらし、リュシアンの前に腰を下ろした。

「妹が大変失礼いたしました。どうぞ、お掛けになって。私がクラリッサ・オルティスです」

「どうも」

リリーの相手ですっかり気を削がれたのか、リュシアンはどさりとソファーに腰掛け、軽く頭を下げた。

まさかとは思うが、今のが挨拶なのだろうか。

クラリッサは礼儀正しく背筋を伸ばし彼の自己紹介を待ったが、リュシアンはただじろじろと見つめ返して来るだけだ。

「リュシアン・マイルズ様でしたわね。……それで、お話というのは？」

しびれを切らしたクラリッサが尋ねると、リュシアンはようやく口を開いた。

「君が死にかけの親父さんを抱えて、金に困ってるって聞いた」

「……リューブラントのおじ様が、そんな風に？」

衝撃を受けたクラリッサがか細い声で問い返すと、彼は気だるげに手を振って否定する。

「いや。あの人はもっと持って回った言い方してたよ。俺が要約しただけ。曖昧なのは苦手でね」

「そう、ですか」

どうやらリュシアンに悪気はないらしい。

そして、詳しい説明をする気もないらしい。

「おじ様の仰る通りですわ」

だが、初対面の青年に家の貧困事情を打ち明けるつもりはない。話題を変えようと口を開きかけたクラリッサに向かって、リュシアンは更にずけずけと尋ねてくる。

「それで？　これから、あんたはどうするつもり？　使用人は全員切ったみたいだけど、それで浮く費用くらいじゃ、この状況は変えられないだろ」

「……何故そのようなことを、初対面の貴方に言わなくてはなりませんの？」

クラリッサは控えめな微笑みを崩さず、おっとりと首を傾げた。

「おじ様からの言伝があるのかと思ったのですが、どうやら違うようですね。私に話せることはございません。どうぞ、お引き取り下さいませ」

　完璧な笑みを拵え、優雅に座礼すると、クラリッサは腰を浮かした。

「ちょ、待てって！　……くそ！　このやり方じゃ駄目なのか」

　立ち上がりかけたクラリッサだが、耳を疑うような汚い言葉に思わず固まってしまった。

　その隙を逃さず、リュシアンはクラリッサの腕を掴み、半ば無理やり座り直させる。

　彼のあまりに大胆な振る舞いに、彼女はますます驚いた。

「察しの通り、俺は貴族じゃない。親が土地持ちで、そっからのし上がってきた成金だ。金は持ってるが、礼儀作法やらマナーやらには縁がない。大目に見てくれ」

「……そうですわね、リュシアン様。縁がある者同士でお付き合いすればいいことですもの」

　何とか平常心を取り戻したクラリッサが答える。

　彼女が遠まわしに込めた皮肉に気づき、リュシアンの瞳は好戦的な色を帯びた。

「そうやってお高くとまってきたから、今落ちぶれてるんだろ？」

　ぐっと言葉につまったクラリッサを見て、彼は気まずげに目を伏せ、口元に拳を当てた。

「っと、言い過ぎた。悪い。いつもはもう少しマシに振る舞えるんだが、どうにも落ち着かなくて」

「落ち着かない？」

「世が世なら、君はお姫様だろ。さっきから舐められないようにって必死だよ、こっちは」

　リシュアンの言葉に嘘はないように思えた。

傍若無人な男のように見えたが、実は緊張していると打ち明けられ、クラリッサは心の一部が緩むのを感じた。弱みをそのまま曝け出すなんて真似、貴族ならば絶対にしない。商人でも同じかと思ったが、どうやら目の前の男は違うらしい。

世が世なら、とリュシアンは言った。その夢を捨てきれなかった祖父と父のようにはなりたくない。

クラリッサの願いは、別にある。それは、二人の妹がきちんとお腹を満たし、明日の心配をせずに一日を終えてくれること。

煌びやかな社交界に君臨したいと願ったことは、一度もなかった。

「お姫様なんて――」

「……ん？」

クラリッサの零した一言に、リュシアンが瞳を瞬かせる。

クラリッサはハッと我に返り、眉を顰めた。会ったばかりの男の前で、愚痴を零そうとした自分が信じられない。

クラリッサはすぐさま気を引き締め、本音を胸の奥深くに隠した。

「何でもありません。――それでリュシアン様はどのようなお心積もりでいらしたのです？　リューブラントのおじ様にオルティス家の悲惨な現状を聞いて、見物にでも？」

礼儀正しい笑みを崩さず、自嘲を含んだ問いを返したクラリッサを、リュシアンは探るように見つめて来る。灰青色の美しい瞳に射抜かれ、クラリッサは次第に落ち着かなくなってきた。

年の近い男性と二人きりで過ごした経験は、一度もない。彼女が社交界にデビューした時にはもう、

オルティス家の財政は破綻しかけていた。貧乏貴族の娘は、どこへ行っても正しく壁の花だったのだ。

クラリッサは内心の動揺を押し隠し、小首を傾げる。

ようやく彼女を眺めることに飽きたらしいリュシアンは、両手を前で組み、口を開いた。

「俺は今日、君に取引を持ちかけに来た」

「取引……？」

リュシアンの瞳が更に力強く煌めく。クラリッサは微かに身を引いた。

「率直に言おう。俺は、君の家に届く沢山の招待状が欲しい。招待状なしでは参加出来ないパーティに乗り込み、招待客と顔を繋いで商談の場を広げたい。その見返りとして、俺は君の家の借金を返す。贅沢が出来るとは思うなよ？　余分な金は、一メルデだって渡さない」

「……お待ちになって。仰ってる意味が分かりませんわ」

平民である彼は、より大きな商いを行う為に貴族との繋がりを求めているらしい。

そこまでは分かる。今は公爵でさえ、工場経営に乗り出す時代だ。主だった貴族達は皆、裕福な商人と手を組み、資産を運用しているとも聞く。彼らの中にはリュシアンの話に興味を持つ者もいるだろう。

だが、没落令嬢であるクラリッサの口添えが役に立つとは思えない。それこそ、リューブラント伯爵に紹介して貰う方がよほど有益だ。

貴族流の『持って回った言い方』でクラリッサが意見を述べると、リュシアンはむう、と顔を顰めた。とにかく表情の豊かな男だ。クラリッサはつい、彼の顔に見入ってしまった。

彼女の父は感情を表に出すのはみっともない、とよく言っていた。

その言葉通り、オルティス侯爵はいつも冷静沈着だった。

父が感情をあらわにしたのは、風邪をこじらせた母があっけなく逝ってしまった時だけ。彼は母を恋しがる娘達を遠ざけ、亡骸が横たわる寝台に縋りついて慟哭していた。扉の隙間から父の様子を覗き見たクラリッサは、何ともいえない気持ちになった。

そこまで妻を惜しむのならば、何故オルティス家の財産を守ろうと動かなかったのか。何故全てを、両手から零れる砂のように黙って見送ってきたのか。

母が死んだのは、心労のせいでもあるとクラリッサは思っている。母は気丈に振る舞っていたが、没落を止められない現状に常に心を痛めていた。

父は一晩中泣いた後、何食わぬ顔で葬儀の喪主をつとめたが、あの日彼の心は母と共に死んだのだろう。母が亡くなってどれほども経たないうちに父は倒れ、侯爵家当主としての責任を手放した。

思わず追想に耽ったクラリッサに、リュシアンは淡々と説明を続ける。

「リューブラント伯とはすでに幾つか提携してるよ。彼は新しいもの好きで、俺みたいな平民相手でも面白そうな話ならすぐに聞いてくれる。でもそんな貴族ばかりじゃないのは、分かるだろ？　今、ここらへんに鉄道が通る話が持ち上がってて、俺はどうしてもその計画に一枚噛みたいんだ。うちの船のある港のところまで、線路を引いて貰いたい。もちろん、そう思ってるのはうちだけじゃない。競争は激しい。しかも鉄道会社の社長は、デュノア公爵だ。俺なんかが滅多に近づける相手じゃないけど、まず彼にうちを知って貰わなきゃ話にならないんだよ。その為の肩書きが欲しい」

そこまで話し、リュシアンは首に手をやった。

喉が渇いたのだろう。クラリッサはちらりとトレイに目を遣ったが、すぐに目を逸らした。

招かざる客とはいえ、得体の知れない飲み物を勧めるわけにはいかない。それより気になることがある。クラリッサはおもむろに口を開いた。

「今のお話の中で、リュシアン様は『俺みたいな』という言葉を二度もお使いになりました。ご自分で気づいていらして？」

「そうだっけ？」

リュシアンは訝しげに眉を上げる。

「無意識ですのね。ですが、聞く方には印象に残る強い言葉です。礼儀としての遜りと卑屈は、似て非なるもの。リュシアン様はまだお若くいらっしゃるのに、すでにご自分の会社を持ち、立派に経営なさっているのでしょう？　誰にでも出来ることではありません。もっと自信をお持ちになって」

リュシアンのスーツは上物だ。時計も。磨かれた革靴も。

しかも見るからに健康で、生気に溢れている。

常に空腹と不安を抱えているクラリッサにとって、彼の口癖は非常に耳障りだった。

思わず注意してしまったが、言い終えた後で自分が恥ずかしくなる。

初対面の、しかも年上の男性相手に叩いていい口ではない。心のどこかで平民だからと侮っていたのだろうか。肩書で他者を判別する人間にはなりたくないとあれほど念じていても、祖父から連なる呪縛に自分もまた囚われているのかと思うと、目の前が暗くなった。

「……申し訳ありません。生意気なことを申しました。どうか忘れて下さい」

「いや、忠告ありがとう。礼儀と卑屈は違う、ね。なるほどな」

リュシアンはしきりに頷いている。

「そういうのも色々教えて貰えるとありがたいな。口の利き方には全く自信がないし、俺がこんな風だから……ほんとだ、言ってるな。えーと、とにかく上流貴族相手の商談はたいてい上手くいかないんだ。それを君に助けて貰ったらどうかってことなんだと思う。そうか、なるほどな」

リュシアンは一人納得しているようだが、クラリッサには事態がさっぱり飲み込めない。

「曖昧な言い方は止めるというご提案に、今だけ賛成させて下さいませ。確かになかなか話が進みませんわ」

「だろ？」

賛同を得られて嬉しいのか、リュシアンは相好を崩した。

彼が笑うと甘い顔立ちがますます優しげになる。思わずつられて笑いそうになり、クラリッサは自分の手の甲に爪を立て堪えた。

クラリッサは冷静な表情をこしらえ、話を元に戻した。

「簡潔に言うと、マイルズ様は私にどうして欲しいのですか？」

「俺と結婚すればいい」

クラリッサは目を閉じた。

これは夢だ、夢に違いない。白昼夢を見るほど、疲れているのだ。今すぐ横にならなくては。

心の中で十数え、クラリッサは再び目を開いた。

リュシアンが首を伸ばし、そうっとトレイを覗き込んでいるのが見える。

飲んで倒れてしまえばいい。クラリッサは無言で見守ったが、彼は色を確認しただけのようだ。

「これ、東方のお茶？　こんなの買ってる余裕あるの？」

「あるわけないでしょう！」

とうとうクラリッサは我慢しきれず叫んだ。


生まれて初めて癇癪を爆発させたクラリッサは、釈明しようとするリュシアンの背中をぐいぐい押して、玄関から叩き出した。

抵抗しようと思えば出来ただろうが、リュシアンは大人しく外に出て行く。

「また来るから」

「二度と入れません」

「即決は損だぞ。よく考えてみろって。そんなに悪い話じゃないはずだ」

「お金の為に身売りをしろという話の、どこが！」

「身売りじゃない、結婚だよ」

「同じことですわ」

リュシアンが堅く閉じられた玄関扉の外から、何とか口説こうと試みて来る。

知らぬ顔でさっさとその場を離れればいいのだが、クラリッサの価値観がそれを許さなかった。話の途中で相手を放置するやり方は、好きではない。

リュシアンの声は一度途切れたが、再び聞こえて来る。先ほどよりは勢いのない声だ。

「……もし俺が貴族で、君にこの取引をもちかけたんだったら、受けた？」

「まさか！　どなたでも同じことです」

クラリッサはカッとなって言い返した。

よく知らない男であっても、相手の身分によって対応を変える娘だと思われるのは我慢出来ない。

「仮にあなたが王子殿下であっても、あんな失礼な求婚を受けるつもりはありません」

「ならいい。けど手間暇かけてる時間は、お互いないと思うんだけどな」

リュシアンはそう言うと、「とにかく、また来るから！」と叫んできた。

やがて、ざくざくと地面を踏む足音が聞こえる。

クラリッサは玄関ホールの脇にある縦長の窓へ移動し、外を覗いた。

馬車止めに停められた立派な馬車に乗り込んで行くリュシアンの後ろ姿が見える。

かき回すだけかき回して去って行く不躾な青年の背中を、クラリッサはぐったりと見送った。

シルヴィアとリリーは二階の手すりから身を乗り出し、大階段の一番下に座り込んだ長姉を見下ろした。誰もいないと油断しているのだろう。でなければ、そんな振る舞いはしないクラリッサだ。

大声を出したせいで眩暈でもするのか、彼女は額を押さえ、項垂れている。

「……お姉様、結婚しちゃうの？」

リリーは不安げに姉を見上げた。

「分からない。……ねえ、マイルズ様ってどんな方だった？」

「顔は綺麗だったわ。でも、立ち居振る舞いは庶民そのものって感じね。言葉遣いに品がないし、出されたお茶は飲まないし。お姉様にはもっと素敵な、王子様みたいな方が似合うと思うの。ほら、お姉様は私やシルヴィア姉様と違って、お母様似でしょう？　もっとお肉をつけたら、どんな殿方も放っておかないわ」

シルヴィアは肩を竦め、率直な末妹の頬を指でつつく。

「そのお肉は、一体いつつくのよ」

確かにクラリッサは、母親譲りの美しい金髪と高過ぎない形の良い鼻、それに魅力的なカーブを描く唇を持っている。意志の強そうな眉の下にある瞳は深い菫色をしていて、数年前までは、確かに美しい令嬢だったのだ。

だが今ではすっかり痩せてしまい、見る影もない。クラリッサの顔色は常に悪く、瞳は曇っている。今の社交界で姉に求婚する青年はいないだろう。家の莫大な借金を差し引いても、だ。

「じゃあ、シルヴィア姉様は、あの方との結婚に賛成だというの？」

頬を膨らませ不満をあらわにする妹に、シルヴィアは頷いた。

「お姉様を楽にして下さる方なら、誰でもいいわ。一人で気を張っていらっしゃるお姉様を、これ以上見ていられない」

「シルヴィア姉様……」

「私達の中で、お姉様が一番痩せてしまった理由を考えてみて、リリー。このままじゃ、お父様より先にお姉様が飢え死にしてしまう。ホランド公爵家やリューブラントのおじ様から何か届けられても、お姉様は私達とお父様に全部分けてしまわれるんだもの」

シルヴィアは切々とリリーに語りかけた。

ホランド公爵家というのは、亡き母の実家だ。現在は母の兄が爵位を継ぎ、ホランド公爵を名乗っている。母の結婚に最後まで反対していた祖母の意向で、家同士の交流は昔から殆（ほとん）どない。だが父が病に倒れてからは、流石（さすが）に三姉妹の窮状を見過ごせなくなったのだろう、月に二、三度、申し訳程度の食糧を送ってくれていた。

リリーは初めて聞いた長姉の事情に、大きく目を見開いた。

「で、でも、お姉様は元々食が細いんだって仰ってたわ」

「私達が遠慮しないように、わざとあんな風に言っているのよ。……あなたに真実を告げたことを知ったら、お姉様は私を許さないわね」

リリーはとうとうしくしく泣き出してしまった。

シルヴィアは末妹の肩を抱き寄せ、頭をこつんとぶつけた。

「ごめんね、リリー。でも分かって。お姉様には後がないの。いっそ私が身売りしたいくらいよ」

「そんな！」

リリーは青褪め、激しく首を振った。そこまで家の財政が逼迫しているとは。

感じの悪い男だと思ったが、もしかしたらリュシアン・マイルズはオルティス侯爵家の危機に駆けつけてくれた白馬の王子様……は言い過ぎにしても、救いの騎士様なのかもしれない。

見た目だけなら合格点だ。後は、そう。

今よりお行儀の良くなった彼が姉に真実の愛を捧げれば、リリーに言うことはない。

陽が暮れかかり、台所の格子窓から西日が差し込んでくる。橙色の細長い光に、空中の細かな埃が浮いて見えた。

クラリッサは包丁を握り締め、無心に野菜を刻んだ。

少し前から裏庭で作っている葉野菜に根野菜――充分な肥料を与えられないので、それらはクラリッサと同じく貧相だったが、食べられるだけありがたい。

大鍋に満たした透明なスープに、魚の干物をかるくあぶってほぐした身にクイギ粉を混ぜて丸めたものを、一つずつ落としていく。そこに刻んだ野菜を足してしばらく煮込めば、今晩のおかずの出来上がりだ。魚の骨でだしを取ったから、スープにはコクがある。

味見をしたクラリッサは、空っぽな胃がきゅうと縮こまるのを感じた。

パンはまだ少し残っている。このスープで次の内職までは持つはずだ。彼女は頭の中で計算しながら、エプロンを外した。

父の様子を見に行き、スープを飲ませ、体を拭いて着替えさせる。

枯れ木のような身体とはいえ、父は成人男性だ。クラリッサは息切れを起こしながら、何とかシーツを交換し終えた。父は目を閉じ、静かに呼吸を繰り返している。痛みを抑える薬の副作用で、日がな一日微睡んでいるのが常だった。

医者の話では、ひと月持てば良い方らしい。

眠りに落ちた父の表情は安らかで、それだけが救いのように思えた。

「お父様は、お母様のところへ行くのよね。二人できっとまた楽しく暮らせるわね」

クラリッサは小声で父に語りかけた。

クラリッサが日頃感じている鬱屈は、父の顔を眺めている時だけ影を潜める。厳格な父に特に可愛がられた記憶はないが、それでもクラリッサにとってはかけがえのない家族だった。

「もう貴族だとか平民だとか誇りだとか、そんなの全部関係のないところだといいわよね。沢山食べ物があって、悲しいことは何もなくて」

話しかけながら毛布を引き上げ、父のすっかり薄くなった肩を覆う。

微かに父が微笑んだ気がして、クラリッサはきつく瞼を閉じた。

泣くな。泣くと、体力が削られる。今、自分まで倒れてしまえば、妹達が路頭に迷う。

クラリッサは大きく深呼吸を繰り返し、階下へ戻った。

「お姉様、見て、これ！」

大食堂は今では使っていない。台所に置いてある四角いテーブルが、三姉妹の食卓だ。

そのテーブルにぎっしりと並んだ沢山の惣菜に、クラリッサは目を見張った。

「今、大通りにある食堂から人が来て、この料理を置いていったの。明日もまた来るって言ってたわ。お姉様が注文なさったの？」

リリーがはしゃぎながら、クラリッサの腕に飛びついて来る。

「いいえ……私ではないわ」

眉を曇らせたクラリッサを見て、慌ててシルヴィアが口を挟んでくる。

「ホランドのおじ様かもしれないわ」

「ホランドの？　今まで食材を送ってくれていた方が、急に街の食堂へ注文をされるかしら？」

疑念でいっぱいのクラリッサが問い返す。

「そういうこともあると思うわ」

シルヴィアがやけにきっぱり言い切ったので、クラリッサは渋々食卓についた。

「お姉様の作って下さった魚介のスープもあるし、今夜は豪勢ね！」

一人大喜びのリリーが、真っ先に手を合わせる。クラリッサが作る干物としなびた野菜のスープを、末妹はいつも魚介のスープと呼んでくれるのだった。

「今宵の糧に、感謝を」

リリーに続けて、クラリッサとシルヴィアも手を合わせる。

「今宵の糧に感謝を」

三姉妹はその夜、本当に久しぶりに、心ゆくまで食事を味わった。

空腹時に急に食べると体に良くないことを知っていたクラリッサは、なるべく消化の良さそうなものを選び、少しずつ口にした。

締めにはデザートまでついていた。季節の果物をふんだんに使ったゼリーだ。久しく味わっていない甘さに、三人は揃って両手を握り締め、感慨に耽った。つるんと喉元を通り過ぎていくのが惜しく、クラリッサはしばらく飲み込むことが出来なかったくらいだ。口中が幸せで満たされる。

「……はぁ。美味しかった。沢山余ってしまったわね」

お腹ははちきれそうだが、それでもまだテーブルの上には手つかずの料理が残っている。

クラリッサが言うと、シルヴィアは残念そうに腹部を押さえた。

「もっと食べられると思ったのに。小食に慣れていると、こういう時にも食べられないのね」

「明日の朝とお昼にとっておけばいいわ。ナプキンをかけておきましょう」

クラリッサは明るく答え、きびきびと立ち上がる。

「みんながいたら、もっと美味しかっただろうな」

食器を片づけ始めたクラリッサの背後で、リリーがぽつりと零した。

リリーは特にメイド達と仲が良かった。まだ幼い分、三人きりの生活が寂しくてたまらないのだろう。

クラリッサは片づけの手を止め、リリーの頭を優しく撫でた。

順番に湯を使い、それぞれの寝室に引き上げる。

クラリッサは休む前にもう一度父の様子を見に行った。容体が落ち着いていることを確認してから、自室へ戻る。

ベッドに入ろうとしたところで、ふと書机の手紙に気づいた。シルヴィアの筆跡で書かれたメモが、見覚えのない封筒の上に載せられている。

『お姉様、ごめんなさい。あの食事は、マイルズさんが手配して下さったものです。配達の方が言っていたの。マイルズ商会の社長に頼まれた、代金は全て前払いで頂いてますって。本当のことを言えば、お姉様は食事を口になさらないと思って黙っていました。どうしてもお姉様にも食べて欲しかったの。嘘をついてしまったこと、どうか許して下さい』

妹の気遣いに、クラリッサの胸は熱くなった。

確かにシルヴィアの言う通り、あの場でリュシアンからの届け物だと分かれば、クラリッサは意地を張って食べなかっただろう。

久しぶりに満腹な彼女の心は凪(な)いでいた。

リュシアンの失礼な態度への怒りが薄れていく。彼は物知らずなだけかもしれない。こちらを辱(はずかし)めるつもりはなかったのかも。クラリッサは鷹揚(おうよう)な気持ちで、封筒を開いた。

便箋には、手習いの教本のように整った字が並んでいた。

平民の識字率はまだ低い。リュシアンも代筆屋に頼んだのだろう。初めはそう思ったクラリッサだったが、読み進めるうちにそうではないと気がついた。

きちんと整った字は、よく見ればあちこちが滲(にじ)んでいる。

筆圧の調節が上手くいかないのだろう。文字の一部が濃かったり、薄かったりしている。

数種類の崩し文字や飾り文字を自由自在に操る代筆屋が、こんな力んだ文字を書くはずがない。

クラリッサはきちんと椅子に腰掛け、姿勢を正してその手紙を読むことにした。

おそらく何枚も書き損じた後、ようやく清書にこぎつけた一枚なのだろう。

最後のサインはとびきり力が入ったらしく、太文字になっている。

『クラリッサ嬢へ
こんな時、どんな手紙を送るのがふさわしいのか、俺には分かりません。

俺との結婚で得られる利点については話したつもりですが、それでは駄目だと会社の部下にも怒られました。

女性に結婚の申し込みをする時は、もっと美辞麗句を並べるものだそうです。

ですが俺は、必要のない嘘はつくのは嫌いです。

あなたは貧しい貴族令嬢で、俺は金を持っているだけの無教養な平民です。

(こういう言い方も良くないのでしょうか?)

お互いの足りない部分を補う同志になりたいのです。

あくまで俺達の関係は対等です。あなたを金で買えるとは思っていません。

成金の癖に何を、と意外に思われるかもしれませんが、俺は人の気持ちを金でどうにか出来ると思ったことはないのです。

差し入れの料理は賄賂ではなく、お近づきの印として用意しました。

どうかお受け取り下さい。

リュシアン・マイルズより』

クラリッサはしばらく手紙を眺め、それからクスクス笑い始めた。

誰かに怒鳴ったのも初めてなら、こんなに明け透けな手紙を貰ったのも、生まれて初めてだ。

この拙い文面を、それでもリュシアンは唸りながら、懸命に綴ったのだろう。

時々頭を抱えながら真剣な面持ちで筆を走らせる彼の姿が、クラリッサには何故か容易く想像出来た。浮ついたところのない力強くもまっすぐな文字が、リュシアンの本質を表している気がする。

封筒の裏を見てみたが、差出人の住所はない。名前だけが律儀に直筆で記されている。

マイルズ商会は、住所のスタンプを持っていないのだろうか。

住所と社名を入れたスタンプを洒落たデザインで作らせ、それを押せばいいのに。

これではお礼状も出すことが出来ない。

次回リュシアンに会った時は、真っ先に手紙についての助言をしよう。

クラリッサはそう心に決め、微笑みながらベッドに潜り込んだ。

結婚は論外だが、友人にくらいならなれるかもしれない。

第二章　戸惑い

屋敷を追い出されてから一週間後。リュシアンは宣言通り、再びオルティス家を訪問した。

差し入れの食事が功を奏したのか、クラリッサは丁寧に彼を招き入れた。

二度と家に入れないと激怒していたのが嘘のように、穏やかな態度だ。

「先日はお気遣い頂きまして、ありがとうございました」

まさか素直に感謝されるとは思ってもみなかったリュシアンは、拍子抜けしてしまった。

「……別に、大したことしてない」

どうやら嫌味ではないようだ。先日の仮面のような作り笑いではなく、ごく自然な表情でクラリッサは礼を述べている。

こうしてみると、存外綺麗な娘だ。菫色の瞳は惹き込まれそうに深いし、ふっくらした唇と高過ぎない鼻を持っている。クラリッサの顔立ちは全体的に整っていると言っていい。

「そこは『喜んで頂けたのなら光栄です』と仰るのが無難ですわ、マイルズ様」

「ん？」

気づかないうちに彼女に見入っていたリュシアンは、首を傾げて聞き返した。

クラリッサは微かに片眉をあげ、更に続ける。

「聞き取れなかった場合は『失礼、今なんと？』と仰るのがいいかと」

「……あ、前に俺が言った話か」

貴族のマナーについて教えて貰えるとありがたい、と確かにリュシアンは言った。

クラリッサはさっそくそれを実行するつもりらしい。

遅ればせながら彼女の意図に気づき、上着の胸ポケットから手帳を取り出す。

「ちょっと待って、書き留めるから」

「はい。……よろしいでしょうか？　まずは、挨拶からですわね。貴族社会には暗黙の了解がございます。一番尊重されるべきは女性。その次に年上の男性。マイルズ様はお若い男性ですから、常に最後に自分を置くことを意識して下さい」

クラリッサは貴族社会におけるマナーのうち、基礎的なものをいくつかリュシアンに教えてくれた。

決してリュシアンの方から握手を求めてはいけないこと。

女性が立っている時は、座ってはならないこと。

クラリッサが挙げていく留意点を、リュシアンは几帳面な字で手帳に書き込んでいく。

だが、『女性が立ちあがる度、男性も立たなくてはならない』と聞いた時は、流石にペンを止めてクラリッサを見遣った。

「ほんとに、いちいち立つわけ？」

「本当に毎回立つのがマナーなのですか？」

クラリッサが質問には答えず丁寧に言い直したので、リュシアンはげんなりした。

と同時に、根っから真面目な娘なのだと、少しおかしくなった。

「――本当に毎回立つのがマナーなのですか？」

渋々繰り返したリュシアンを見て、クラリッサは目を細めた。

まるできかんきな幼子を見守るかのようなその表情に、一瞬見惚れる。

「ええ。そうすることによって、マイルズ様はレディファーストの礼儀を知っていると見なされます。それは社交界において、交流を持つ相手として信用出来るという意味でもあります」

「ああ、そういうことか」

リュシアンは深く納得した。

マナーを示すことは、貴族と共通言語を話せるという表明でもあるらしい。彼が取引相手に求めるものも、一番はやはり『スムーズに意志疎通が図れること』だ。貴族も同じだと考えれば、マナーを重視する風潮にも一理あると思える。

「レディファーストの作法には、他にはどんなものがありますか？」

リュシアンは使い慣れない敬語を操り、精一杯丁寧に聞いてみた。

クラリッサは長い睫を瞬かせ、彼を励ますように頷く。

……まただ。またあの、目を細める表情でこちらを見た。

もっと見ていたいような、これ以上は見たくないような――。

リュシアンの胸に、得体の知れないむず痒さが生まれる。

だがもぞもぞしているのはリュシアンだけで、クラリッサの態度はいたって冷静だった。

リュシアンは大きく息を吐き、気持ちを切り替えて講義に集中することにした。

「そうですね。たとえば、車道側を歩くこと。階段をのぼる時は先にのぼり、下りる時は先に下りることなど、女性をエスコートする際の留意事項でしょうか」

「そうなのか？　先に下りるっていうのは分かるけどさ。こけて落ちそうになったら、助けなきゃいけないもんな。でも先に上るってのは、変じゃないか？　さっさと先に行っていいわけ？」

「ええ。男性が先に上るのが礼儀とされています。女性のくるぶしを見るのは、マナー違反だからですわ」

くるぶし？

リュシアンは唸りそうになるのを何とか堪え、肩を竦めるだけに留めた。

クラリッサが言及したのは、レディファーストの基本マナーだけでない。社交界における会話術についても具体的な助言を授けた。

「商売の話をしたい時、すぐに話を切り出すのはダメなんだよな？」

リュシアンが確認してみると、クラリッサは真面目な顔で首を傾げる。

「それは、時と場合によります。時代は変わりましたものね。今では公爵でさえお仕事をされるのですもの、商売の話自体がいけないわけではありませんわ。商談の場であれば、率直に会話を始めていいのではないでしょうか。ですがパーティで、それも女性が同席している場所で金銭の話をするのは、止めた方がいいでしょう。仕事の話自体は問題ありませんが、一方的な売り込みは嫌われます。紳士だけが集まるシガレットルームなどで改めて商談の予約を取る、というのはいかがでしょう」

「なるほどな」

クラリッサの回答はとても分かりやすい。リュシアンは今まで気になっていたことを、あれこれ尋ねてみることにした。

彼女は嫌な顔一つせず、真剣に質問に答えていく。

おまけに手紙についてのアドバイスまでくれた。

「差し出し人のところに、スタンプを押すのはどうでしょう。住所や社名を全て手書きで書くのは大変ですし、筆跡の似ない別人に依頼するより印象がいいと思います。マイルズ様はその下にお名前をサインするだけで済みますし」

「スタンプ？　そんなのがあるのか。……そういえば、リューブラント伯からの手紙にも押してあったっけ。今まで気にしたことなかったけど」

「お礼状を書く場合など、住所録を調べるより手紙の裏で確認出来た方が便利ですわ。初めての手紙なら尚更です。差し出がましいようですが、良ければこちらをどうぞ」

クラリッサは、手提げ袋の中から店までの手描き地図と紹介カードを取り出し、リュシアンに差し出した。

「わざわざ書いてくれたのか……」

リュシアンはあっけに取られた。これが『育ちが良い』ということだろうか。

初対面も同然の男に、ここまで親切に振る舞うことで得られる利は何だろう。

もしかして差し入れの礼なのだろうか。ここまでの効果があるとは思わなかった為、妙に後ろめたたい気分になる。リュシアンはただ食堂に寄り、銀貨を数枚払ってきただけだ。

クラリッサの細やかな心遣いに比べれば、酷く事務的なものだった。

「そろそろ、喉が渇きましたわね。お茶でもいかがですか？」

クラリッサが優雅な所作で茶器を取り上げる。

カップを満たす温かな液体は、澄んだ琥珀色をしていた。どうやら今日は普通の紅茶らしい。

「確かに喉は渇いたけど……」

リュシアンは困りきって目の前のカップを見つめた。

ただより高いものはない、というのが彼の父親の口癖だった。

その父が母と共に外出先の滑落事故で亡くなった後、リュシアンはひたすら父の教えを守り、ここまでのし上がってきたのだ。他人に奢って貰わないというルールは彼が勝手に拵えたものだが、今まで破ったことはない。対価のないやり取りがリュシアンは苦手だった。

「もしかして、毒でも入っていると疑っていらっしゃるのかしら？」

クラリッサは冷ややかに眉をあげ、カップに手を伸ばそうとしないリュシアンを睨んだ。

「違うって！　……単に嫌いなんだよ、他人に借りを作るのが」

両親の死後、リュシアンを襲った相続関係のごたごたが、瞬時に脳裡をよぎる。

親切さを装って擦り寄ってきた親戚達は、まだ十代だったリュシアンと弟から遺産を掠め取ろうとあの手この手を使ってきた。口ではリュシアン達を心配していると言いながら、違法な投資を勧めたり、権利書譲渡の書類にサインさせようとしたり。

過去のやり取りを思い出すだけで、頭の芯が熱くなる。

あれ以来、リュシアンは基本的に他人を信用していない。信じて裏切られるのは、もう二度とごめんだ。だから、人と深く関わることも避けてきた。

「では、マイルズ商会に商談にいらしたお客様にも、お茶をお出ししないのですか？」

クラリッサは呆れ顔で問いかけてきた。

「いや、出すよ。それはほら、わざわざ来てくれたんだし」

「では、そのお茶を飲まない方がいらっしゃったら、どう思います？」

「俺と同類だなって」

クラリッサは表情を消し、リュシアンを見据えた。

取りつく島もない冷ややかな目つきに、心臓がぎゅうと痛くなる。

「もてなしを拒否されれば、大抵の人は気を悪くします。出されたお茶を飲まないということは、相手を信用する気はないという意思表示と同じ。思ったことをそのまま口や態度には出さないのがマナーですけれど、率直に言わなければリュシアン様には通じないようですね。では、失礼致します」

そこまで一息に言い切ると、クラリッサはにっこり微笑んだ。

これは仮面の笑顔だ。

リュシアンは察し、身構えた。

「私も今、とても気分が悪いですわ。再びお会いしたのは間違いだったと後悔しております」

「そこまで⁉」

リュシアンは驚き、慌てててカップを取ろうとした。

ところがその手を、扇でぴしゃりと叩かれる。

赤くなった手の甲を押さえ、リュシアンはぎょっとした表情でクラリッサを仰ぎ見た。

「お茶を頂く際にも簡単なマナーがありますのよ、リュシアン様。そうお慌てにならないで、私の真似をして下さいませ」

扇を膝の上へ戻し、クラリッサは優雅にカップの持ち手に手をかけた。

「先ほどのように、飲み口に手をかけてはなりません。持ち手に指を通して飲むのも好ましくないのです。このように指先全体でしっかりと持ち、音を立てないように飲みます。飲んだ後、テーブルに戻す時もそっと置く。出来れば温かいうちに飲んでしまわれるのがよろしいでしょう」

「わ、分かった。……これ結構、神経使うな」

「大きな音を立てないというのは全てに共通しているマナーかもしれません。日頃から意識するだけで、仕草は洗練されてゆくものですわ。リュシアン様の場合、手元に集中するとお背中が曲がってしまわれるようですので、そこにも気をつけて」

リュシアンは盛大に顔を顰めた。

「そんなにいっぺんに出来ない！」

「もちろんです」

「出来なくても、怒るなよ」

「怒ってなどおりません」

「……手の甲が痛い。今なんて、俺の背中に棒でも差しそうな顔してたぞ」

リュシアンが指摘すると、クラリッサはふっと頬を緩めた。

大人びた容貌が一気に和らぎ、あどけなくなる。

リュシアンは、ようやく目の前の娘が自分より五つも年下であることを実感した。

先日の訪問の際、彼はクラリッサの年を自分と同じか、年上だろうと見積もった。それくらい老けて見えた。リュシアンはリューブラント伯爵邸を訪れ、初顔合わせが散々な結果に終わったことを報告したのだが、その際伯爵からクラリッサがまだ二十三歳であると聞かされ、心底驚いた。

思わず「嘘だろ」と声に出してしまったほどだ。

クラリッサが知れば、今度こそ二度と会ってくれないだろう。二十三歳、二十三歳。リュシアンは胸の中で繰り返しながら、オルティス家へ足を運んだのだった。

「そんなことはしませんわ」

「手頃な棒がないからだろ？」

「では、庭を散策してみましょうか。マイルズ様の背中にぴったりの枝が落ちているかも」

リュシアンが混ぜ返すと、意外なことにクラリッサもユーモアたっぷりの口調で冗談に乗って来る。

彼らは視線を交わし、同時に微笑んだ。

二人の間に気安い雰囲気が漂い始めたその時、応接室の扉が数回鳴った。

「入って」

クラリッサが許可を出すと、リリーとはまた別の娘が姿を見せた。初めてオルティス家を訪れた時に応対してくれた女性だ。

「ご歓談中、失礼します。……お姉様、例の方がお見えです」

彼女がおそらく、次女のシルヴィアなのだろう。すっきりした一重の瞳といい、愛らしい丸い鼻といい、リリーによく似ている。

早速リュシアンは立ち上がった。クラリッサは彼の行動を見て、満足そうに頷く。

「もうそんな時間なのね。すぐに行くわ」

クラリッサは妹の隣に立ち、リュシアンに向き直った。

「シルヴィア、こちらはリュシアン・マイルズ様よ。マイルズ様、こちら妹のシルヴィアです」

初対面同士の挨拶を見守った後、クラリッサは優雅にお辞儀をした。

「大変申し訳ありませんが、席を外させて頂きます。すぐに戻りますので、しばらくお待ち下さい」

一体、誰が来たのだろう。

例の方、とシルヴィアが囁いた時、クラリッサの頬は一瞬赤く染まった。リュシアンは何となく面白くない気分になった。

「誰が来たのか聞くのも、マナー違反？」

クラリッサは彼を宥めるように微笑んだ。

「こちらが言わない限りは」

余裕たっぷりの冷静な態度が、急に鼻につく。

「……ッ」

リュシアンが舌打ちすると、クラリッサは腰に手を当て、首を振った。

「舌打ちなど、もってのほかです」

「はいはい分かったよ、先生。どうぞごゆっくり」

リュシアンはどさりとソファーに腰をおろし、小馬鹿にした態度でひらひらと手を振った。不躾な態度を咎めてくると思ったのに、クラリッサは困ったような顔をしただけだった。


彼女達が出て行った後、心の中で数を数える。十まできたところで、リュシアンは大型の猫のような敏捷さで立ち上がった。

そうっと開けた扉がきしんだ時には、ひやりとした。蝶番に最後に油を差したのはいつなんだろう。

彼は足音を忍ばせ、玄関へと向かった。オルティス家の広い廊下は、毛足の長い絨毯で覆われている。おかげで、足音を消すのは容易だった。曲がり角で立ち止まり、長身をかがめて玄関ホールを覗く。

一人の中年男性が、クラリッサの手を握っている。……ような気がする。

角度が悪いせいで、はっきりとは見えないが、体勢からいってそうだ。

リュシアンは、みぞおち付近がもやもやと曇るのをはっきりと感じた。

最悪の想像が脳裡をよぎる。

貧しい貴族令嬢が、家族を養う為にてっとり早く金を稼ごうと思えば、身分のある男の愛人となるのが一番の近道ではないだろうか。

リュシアンはきつく唇を引き結び、更に近づいてみた。中央の螺旋階段の陰に身をひそめ、耳を澄ませる。

「では、そのように。いつもお嬢様の……人気があって、順番待ち……ありがたいことです」

途切れ途切れに聞こえて来る男の台詞は、リュシアンの疑惑をますます深めた。

人気があって、順番待ちだと？

まさか、複数の男の愛人を掛け持ちしているのか？

彼女の凛とした物腰を思い出し、そんなはずはないと下衆な想像を打ち消す。

「いいえ。私の方こそ……てどんなに助かっているか。……に感謝していますわ」

心底そう思っていると言わんばかりの優しい声に、リュシアンは息を呑んだ。

助かった、ということは、やはり何らかの援助を受けているに違いない。

リュシアンの提案は一蹴した癖に、他の男からの申し出は甘んじて受け入れているのか。

八つ当たりに似た憤りが、リュシアンの胸をひたひたと満たしていく。

いっそこのまま出て行って、仲介人らしき男を追い払ってやろうか。

慌てふためくクラリッサの様子を意地悪く想像し、リュシアンが腰を浮かしかけたその時。

ツン、と上着の裾を引っ張られた。

どこかに引っ掛けたのかと振り返れば、ニンマリと笑みを浮かべたリリー・オルティスがすぐ後ろにしゃがみ込んでいる。

驚きのあまり声を上げそうになったリュシアンに向かって、リリーは人差し指を唇に当ててみせた。

静かにしろ、と言いたいらしい。更にしつこく上着の裾を引っ張られる。

リュシアンは仕方なくリリーについてその場を離れることにした。

応接室の前まで戻って来ると、リリーはようやくリュシアンの上着から手を離し、詰めていた息を吐いた。リュシアンは顰め面で彼女を見下ろす。

「……俺は謝らないからな」

立ち聞き自体は褒められた行動ではないが、クラリッサは求婚中の相手だ。そんな彼女の裏の顔を知ることが出来たのだから、結果的には動いて正解だった。

リリーはまっすぐリュシアンを見上げ、腰に手を当てた。

「謝れなんて言わないわ。求婚中の女性のことですもの、どんな些細なことでも知っておきたいわよね。立ち聞きくらい可愛いものよ。目的の為には手段を選ばないのが、恋愛小説のヒーローですもの。でもあのままあそこにいたら、お姉様に見つかってしまうわ。お姉様は、立ち聞きする殿方はお好きじゃないと思うの。その辺り、よく気をつけてね？」

一人頷きながら語るリリーの言葉が、リュシアンには全く理解出来ない。恋愛小説のヒーローってなんだ？

それより、と彼は気を取り直した。今は、クラリッサだ。

リリーの動じない態度を見れば、彼女もまたあの男に纏わる事情を知っているように思える。

一体クラリッサは何を提供しているのだろう。まさか本当に……？

リュシアンは慎重に問いかけることにした。

「リリーもクラリッサの、その……あれのこと、知ってるのか？」

「ええ、知っているわ。お父様にかかる診療代や薬代はとても高額なの。お姉様が頑張って工面してらっしゃるのよ」

自慢げに胸を張るリリーを見て、リュシアンは困惑した。

姉の愛人稼業を十五の子供も知っていて、しかも肯定しているのだとしたら？

貴族独特の価値観なのかもしれないが、リュシアンには到底受け入れられない。

眉を寄せた彼を見て、リリーはムッとした。

「確かに貴族令嬢のすることではないかもしれないけれど、馬鹿になんてしたら許さないんだから！」

「いや、だって」

「何なの、その顔。どれだけお姉様が骨身を削っていらっしゃるか。……いいわ。見せてあげる」

キッとリュシアンを睨みあげ、リリーは彼の腕を掴んで廊下の奥に進んで行こうとする。

まさか『仕事部屋』とやらを見せるつもりじゃないだろうな。

これにはリュシアンも閉口した。

「それは流石に駄目だろう。離せ、リリー」

「話しても分からない人には見せる方が早いわ。——着いたわ、ここよ」

リリーはとある部屋の前で立ち止まり、躊躇いもせずに扉を開け放った。

反射的に目を閉じたリュシアンだが、リリーに脇腹をつつかれ、恐る恐る目を開ける。

視界に飛び込んできたのは、部屋中を埋め尽くす沢山の衣装だった。

トルソーにかけられているもの、広い布の上に並べられているものと様々で、部屋の中央には作業台が見える。

作業台には巻尺やはさみ、針山などの裁縫道具がきちんと置かれていた。

「最初はお姉様、家に眠っているドレスを売ろうとお考えになったみたい。でも、街の古着屋さんでは引き取って貰えなかったの」

リリーの説明に、リュシアンは内心の動揺を隠しながら頷いた。

それはそうだろう。平民の娘が着る外出用ドレスと、貴族子女が着るドレスでは、作りが全く違う。かといって貴族にも売れない。彼らは古着など買わないからだ。ザッと見た感じ、この部屋にある衣装は一昔前に流行ったデザインのものが多かった。

「がっかりしたお姉様を気の毒に思って下さった古着屋のご主人が、せっかく上質な生地や宝飾が使われているのだから、作り直してはどうかって申し出て下さったのよ。型紙は用意して貰えるし、使うのは着なくなったドレスだし、糸も解いてほぐせばまた使えるでしょう？　元手が殆どかからずにお金を稼げるって、お姉様は喜んでいたわ。お姉様の裁縫の腕は素晴らしいの。作り直したドレスは、あっという間に売れてしまうんですって」

リリーの得意げな態度の理由が分かり、リュシアンは息を吐いた。

早とちりした自分が恥ずかしい。クラリッサは援助を受けているのではなく、立派に働いていた。

労働による対価を得ている彼女に、報酬をちらつかせて結婚を申し込んだのだと思うと、居た堪れない気持ちになる。

こんなはずではなかった。

お高くとまった貧しい貴族令嬢に、互いの利益に基づく契約結婚を申し込んだつもりだった。実際蓋をあけてみれば、気位だけが高い高飛車な娘など、どこにもいなかった。いたのは、必死に家を支えている気丈で、親切で、生真面目な娘だった。

クラリッサの矜持を自分の安易な申し出がどれほど傷つけたか、今ならよく分かる。

「……そうか。姉さんはすごいな」

リュシアンはリリーの頭に手を置いた。

ポンポン、と撫でた直後、リュシアンは相手が貴族令嬢であることを思い出し、慌てて手を引っ込めた。近所の子供を褒めるようなつもりで、ついやってしまった。てっきり怒ると思ったのに、リリーは一瞬唖然としただけだった。それどころか、頭に手をやり、嬉しそうにはにかんでいる。

リリーの幼い笑みに、リュシアンは目の覚める思いだった。

この姉妹にはもう頼れる者も、褒めてくれる者もいないのだ。

二人の姉に守られているリリーでさえ、ささやかな褒美に飢えている。

長女であるクラリッサは、どれほど心細いだろう。

当主代理としての責任は全て、彼女の細い肩に乗っている。

骨身を削って、という先ほどのリリーの言葉が、リュシアンの胸を締め付けた。

文字通り、クラリッサは骨身を削って、沈む寸前の船を操縦しているのだ。

どれほどの孤独、そしてどれほどの重圧だろう。

会社を経営しているリュシアンには、彼女の辛苦が痛いほど分かった。

それなのに先ほどまでの自分は、クラリッサに腹を立て、恥をかかせてやろうとまで考えた。

今まで感じたことのない深い自己嫌悪に陥り、リュシアンは悄然と項垂れた。


「仕方のない子ね、リリー」

背後から響いた冷たい声に、二人は揃って飛び上がった。

恐る恐る振り返ると、顔を強張らせたクラリッサが立っている。

「ごめんなさい、お姉様！　あの、でもこれには理由があって」

「言い訳は後で聞くわ。さあ、もう行って」

リリーはしょんぼりと肩を落としたが、従順にその場を立ち去った。

二人きりになった途端、緊張を孕んだ空気が張り詰める。

「貧乏な侯爵令嬢の内職に興味がおありなら、詳しく説明いたしましょうか？」

クラリッサは自嘲するように言った。菫色の瞳には深く傷ついた色が見え隠れしている。

リュシアンはたまらず首を振った。

「違う！　俺は、ただ――」

「一着ドレスを縫い上げるごとに頂けるお金は銀貨二十枚です。マイルズ様の今日のお召し物を私が買おうと思うなら、何着仕上げなくてはならないかしら」

自虐めいた言葉を吐き続けるクラリッサを見ていられず、リュシアンはたまらず彼女を抱き締めた。折れそうに細い身体は、ぶるぶると震えている。

「そんな風に言うな！　俺はただ、すごいと思ったんだ。君は自分に出来る精一杯のことをやっている。尊敬すべき女性だ。君は――」

こんな時、何を言えばいいのだろう。慰めたいのに、適切な言葉がまるで出てこない。

安い同情はクラリッサを傷つけるだけだ。

何か。何かもっと他にないか。リュシアンは焦った。

「君は本当に頑張ってる。リリーとも、君はすごいって話してたんだ。君は……あー、くそ！　こういう時はなんて言えばいいのか、さっき聞いておくんだった」

ぎゅっとクラリッサを抱き締めながら、天井を見上げ、言葉を探すリュシアンの腕の中で、震えが止まる。透けそうなほど青白い手が、リュシアンの胸元に置かれた。クラリッサにやんわり押し返され、彼は慌てて腕の力を緩めた。

「ごめん。苦しかったか？」

「苦しいとか苦しくないの問題ではありませんわ、マイルズ様。女性を許可なく抱き締めるなんて、不作法が過ぎます」

クラリッサはもう震えてはいなかった。

彼女の瞳を翳らせていた暗い色は消えている。クラリッサは唇をきゅっとすぼめた。

まだ怒っている？　いや、違う。笑いたいのを我慢しているのか。

人に笑われるのは大嫌いなリュシアンだが、クラリッサにならば幾らでも笑われてやろう、と心に決める。

「でも、お気持ちは伝わりました。不適切な振る舞いは、今日だけ見逃して差し上げます」

真面目な表情を拵え、明るい声でそう言ったクラリッサに、リュシアンは見とれた。

言葉はいつも通りだが、こちらを見上げて来る眼差し(まなざ)しの意外な優しさに胸を掴まれる。

完全な不意打ちに、彼はただ頷くことしか出来なかった。

第三章　近づく距離

翌週、クラリッサのもとに一通の手紙が届けられた。差出人は、リュシアン・マイルズ。

便箋には、訪問伺いならぬ訪問予告が綴られている。

差出人の箇所には、『スタンプ作成中。出来上がりが楽しみ』とあった。

すでに面識がある場合、昼下がりから夕方までの間であれば、リュシアンは許可なくオルティス家を訪問することが出来る。彼はその風習を知らないのだろう。

「それに私信を差出人の場所に記すなんて、全くでたらめだわ」

ぼやきながらも、クラリッサは笑いを抑えることが出来なかった。

不作法を咎める気持ちより先に、おかしさが込み上げて来る。

そして二日後、リュシアンは時間通りにやって来た。

「プロポーズでしたら、お断りしたはずです」

「ああ、分かってる」

訪問の意図をはっきりさせようと、クラリッサの方から話を蒸し返してみたのだが、当のリュシアンは飄々とした態度を崩さない。

「……では、何故？　それにそれは、何ですの？」

その日のリュシアンは、大きな紙袋を抱えていた。袋からはパンが覗き、焼きたての香ばしい匂いを振りまいている。他にも沢山の食材が入っているようだ。

「いろいろ教えて貰ったから、その礼。簡単な料理なら俺も出来るんだ。台所、借りてもいい？」

これは、どう答えたものか。本音をいえば、差し入れはありがたい。

リュシアンが粗野ではあるが悪人ではなさそうなことも、もう分かっている。

それでも素直に受け入れることには抵抗があるのだ。

今まで誰にも甘えたことがないクラリッサは、戸惑った。

「――考えが纏まったら教えて。とりあえず、荷物下ろして支度するから」

クラリッサが逡巡しているうちに、リュシアンは彼女の隣をスタスタと通り過ぎて行く。

「ちょっ、お待ちになって！」

「あ、ちょうどいいところに。おーい、リリー。下りて来いよ」

リュシアンの視線と声の先を確認し、クラリッサは溜息を吐きたくなった。

二階の手すりから、リリーが好奇心で瞳を輝かせてこちらを見下ろしている。

末妹は満面の笑みで頷くと、ドレスの裾を翻しながら階段を駆け下りて来た。

「また来て下さったのね、ミスター・マイルズ。ごきげんよう」

「リュシアンでいい。そんな風に呼ばれるのは、仕事相手だけで充分だ」

リュシアンは砕けた口調で言いながら、リリーの頭をぽん、ぽんと撫でた。

背の高いリュシアンと小柄なリリーではかなり身長差がある。リリーはまるでじゃれつく子犬のように、嬉(うれ)しそうな表情で撫でられている。

　一体、いつの間に親しくなったのだろう。

　クラリッサがあっけに取られているうちに、二人は連れ立って屋敷の奥へと進んで行った。

「台所はこっちよ。うちの冷暗所に氷はないんだけど、すごく寒いの。食料の保存にはぴったりだと思うわ」

「そりゃいいな。バターと卵はそっちに置いとこう。野菜はどうする？」

「半地下の食糧庫があるわ。どっちも空っぽだけど、馬鹿にしないでね」

「そんなことしない。約束する」

「えへへ。ならよろしい！」

　クラリッサは慌(あわ)てて彼らの後を追ったが、リュシアンの図々(ずうずう)しさを咎める気持ちにはなれなかった。

　リリーの嬉々(きき)とした様子に胸を突かれる。

　末妹には特に気を掛けていたつもりだったが、リリーは寂しくてたまらなかったのだと不意に気づいたのだ。

　母を亡くした時、リリーはまだ十二だった。懐(なつ)いていたメイドのルノンも、もういない。クラリッサは家事と介護、そして家計の切り回しに追われているし、シルヴィアも同じだ。

　リリーも家事を分担していた。広大な庭の掃除は、リリーが受け持っている。

　箒(ほうき)と枝ばさみを手にしたリリーは、こまねずみのように庭中を駆け回り、彼女なりの精一杯で二人の姉を支えていた。

寂しくないはずがない。疲れていないはずがない。

だが、クラリッサはその他のことに精一杯で、今の今まで、リリーの心情を慮(おもんぱか)ることはなかった。

たった二度話しただけで、リュシアンはリリーの寂しさを見抜いたのだろうか。

その想像は、クラリッサに僅(わず)かな悔しさと大きな安堵(あんど)をもたらした。

一人で背負っていた重い荷物を、後ろからそっと支えて貰ったような気分になる。

「よし、じゃあちゃっちゃと作るか。昼飯、何食った？」

リュシアンは気さくな笑みを浮かべ、クラリッサを振り返った。

「スープです」

ごく自然な調子の問いかけに、思わず素直に答えてしまう。

「スープだけ!?」

「……はい」

かっと頬が熱くなる。今更ながら、貧しい食生活が恥ずかしい。

「予想以上に酷(ひど)いな。じゃあ、夕飯までの繋(つな)ぎにサンドイッチでも作るか」

すっかりリュシアンのペースに巻き込まれたクラリッサは、小さく頷くことしか出来なかった。

彼女の知っている年上の男性といえば、実の伯父(おじ)とリューブラント伯くらいのものだ。

社交界にデビューはしているものの、親しく話す男性の一人も出来ないうちに、貧困ゆえの引(ひ)き籠(こも)り生活に突入してしまったので、異性自体に慣れていない。しかもリュシアンは、見目の良い適齢期の男性だ。

　マナーの授業なら問題なく話せるが、それ以外ではどう接すればいいのか分からなかった。

「今日はえらく大人(おとな)しいじゃないか。もしかして、今頃人見知りしてるとか？」

　リュシアンは笑いながらひょいと膝(ひざ)を屈(かが)め、クラリッサの顔を覗き込んでくる。

　灰色がかった青い瞳は綺麗(きれい)だった。甘味のある曲線を描いた切れ長の瞳に、吸い込まれそうになる。

　彼女はさりげなく目を逸(そ)らし、何でもないように答えた。

「まさか。ただ困っているだけです。お客様を台所に案内するなんて、私の知っている作法にはないんですもの」

「確かに貴族流じゃないな。……じゃあ、こうしよう」

　リュシアンは上着を脱いで椅子の背にかけ、シャツのカフスボタンを外して腕まくりしながら言った。

「マナーレッスン中、俺はクラリッサの言いつけを守る。それ以外の時間は、クラリッサが俺のやり方に合わせる。それでどう？　ちゃんと対等だろ？」

　良いことを思いついたと言わんばかりの得意げな表情に、クラリッサは白旗をあげた。

　意地を張ることにも疲れてしまった。

　日々の食事にさえ窮している没落貴族の意地に、何の価値があるだろう。いずれその肩書もなくなる。今のうちに庶民のやり方に馴染(なじ)んでおくのは、名案かもしれない。

「それで構いませんわ」

クラリッサが頷くのを見て、リリーは丸い目を更に見開いた。

「頑固なお姉様を説得してしまうなんて！　リュシアン様はすごいのね！」

「クラリッサは頑固なわけじゃない。気を張って頑張ってるだけだ」

リュシアンの擁護に、クラリッサの鼻はツンと痛くなった。

彼は火を熾し、鉄のフライパンを充分に熱してから厚切りのベーコンを焼いた。

こんがり焼き目のついたベーコンを取り出すと、そこに卵を割り落とす。白身が固まり始めたのを見て、フライパンに差し水をして蓋をする。リュシアンは目玉焼きが出来上がるまでの間、レタスを千切り、ピーマンを細い輪切りにした。

日頃から自分で料理をするのだとよく分かる手際の良さに、クラリッサは見惚れてしまう。

リリーも尊敬の眼差しでリュシアンを見ていた。

「三人とも、好き嫌いはなし？」

調理台に向かったまま、リュシアンが問いかけてくる。

「私はないわ！　お野菜も大好きだもの」

リリーが元気よく答え、クラリッサに微笑みかけた。

「お姉様もシルヴィア姉様もないわよね？　そうだ、シルヴィア姉様を呼んで来なきゃ！」

「ええ、お願い」

クラリッサもにこりと微笑み返す。

弾んだ足取りで台所を出て行く末妹の背中を見送りながら、クラリッサは瞳を細めた。

「その顔、好きだな」

気づけば、隣にリュシアンが立っている。

いつの間にかサンドイッチは完成していた。調理台を振り返れば、フライパンや包丁なども綺麗にしまわれている。

感心するより先に、リュシアンの言葉が脳内で繰り返された。

気のせいでなければ、顔が好きだと言われたような……。

クラリッサの頬がみるみるうちに赤く染まる。

「女性を褒めること自体は良いことですが、放蕩者気取りの言い方はどうかと思いますわ」

「ははっ。残念でした、今は授業中じゃありません」

リュシアンは笑い出し、冗談めかして言い返して来る。

彼の口調に含まれた親密さに、クラリッサは何とも言えないくすぐったさを感じた。

「さて、俺はもう行かなきゃ」

リュシアンは捲り上げていた袖を下ろし、上着を手にした。

彼が貿易会社の社長だったことを改めて思い出し、クラリッサはハッとする。

忙しい中わざわざ時間を作って、オルティス家の様子を見に来てくれたのだ。

「ありがとうございます、マイルズ様。お心遣いに深く感謝します」

「リュシアンでいいって。じゃあ、次はレッスンかな。――どうかお手柔らかにお願い致します」

優雅に一礼してみせると、彼はそのまま台所を出て行った。

まるで嵐のような人だ。

突然やって来たかと思えば、彼女の心をかき乱すだけ乱して、あっという間に帰ってしまう。

これまでのクラリッサなら、リュシアンの不作法さに眉を顰めただろう。

だが、不快な気持ちはほんの少しも湧いてこなかった。むしろ、次の来訪が待ち遠しいような気さえする。

彼と入れ違うように、リリーがシルヴィアを連れて戻ってきた。

「もう帰ってしまわれたの？」

リリーはがっかりした顔で尋ねてきた。

シルヴィアはテーブルの上の大皿を見て、目を見張っている。

厚手に切られたふかふかのパンの間には、ベーコンと生野菜、目玉焼きがぎゅうぎゅうに詰まっていた。三姉妹が知っている上品なサンドイッチではないが、とても美味しそうだ。

「本当にミスター・マイルズがお作りに？」

「シルヴィア姉様、リュシアン様よ。そんな風に呼ばれるのはお好きじゃないんですって」

すかさずリリーが訂正する。

「ねえ、お姉様。またおいでになるわよね？　リュシアン様は、お姉様の求婚者なんでしょう？」

それからクラリッサに向かって、無邪気に確認してきた。

「求婚者かどうかは置いておいて」

ごほん、と一つ咳払いし、クラリッサはリリーとシルヴィアに向かって宣言する。

「彼の訪問をお断りするつもりはないわ。お客人として、丁重にお迎えして頂戴」

「良かった……！」

「ふふっ。本当に良かったわね！」

二人の妹は顔を見合わせ、喜色をあらわにした。

彼女達が何故そんなに喜ぶのかクラリッサには分からなかったが、久しぶりに賑やかになって嬉しいのだろう、と気を取り直す。

「さあ、手を洗ってきて。早速頂きましょう」

「はい、お姉様！」

三人は揃って食卓につき、サンドイッチと格闘した。あまりに分厚いせいで、大口を開けないと食べられそうにない。かといって、パンから中身を取り出すのも見た目がよくない。

渋い顔で端をかじっていたリリーが、真っ先に降参した。

「お姉様。これ、どんどん形が崩れていってしまうわ。かぶりついてもいい？」

「……仕方ないわね。フォークとナイフで切り分けようにも、分厚過ぎるし。よそでは駄目よ？」

クラリッサが許可を出すと、シルヴィアもホッとしたように頬を緩ませ、がぶり、とサンドイッチに噛みついた。

「大丈夫よ、お姉様。こんなサンドイッチ、きっとパーティでは出てこないわ」

リリーの言うことももっともだ。

「確かにそうね」

クラリッサはくすくす笑いながら、二人を真似て大きく口を開けた。

かぶりついた瞬間、香ばしい匂いが鼻腔をくすぐり、次いで口中にパンのほのかな甘みと肉の旨味が広がる。

「……お姉様が笑うと、安心する」

リリーは小声で零し、シルヴィアもそれに同意した。


三日後、リュシアンは前触れなしにオルティス家へやって来た。

「リューブラント伯に教えて貰ったんだ。午後のこの時間なら、いきなり訪問しても大丈夫だって。……ほんとに大丈夫だった？」

「ええ、大丈夫です。ですがその場合、あくまで儀礼的な訪問になりますので、長居はしないというのが前提ですわ。リュシアン様はコートや手袋を外さないことで、マナーを弁えていると示して下さい」

「ええー。今日は色々話したくて、ゆっくりする気満々で来たんだけど」

「交流を深めたいのでしたら、パーティやお茶会に招かれるのを待つのが一番です。……と言いたいところですが」

クラリッサは自らリュシアンを応接室へと案内しながら、肩を竦めた。

「お客様を案内する使用人すらいない我が家ですもの。リュシアン様の都合が良い時においで下さって結構です」

今日もすぐにはドアノックに気づかず、かなり長い間リュシアンを玄関先で待たせてしまったのだ。申し訳ないと謝ったクラリッサに、リュシアンは首を振った。

「いや、それは全然気にしてない。こっちこそ、配慮が足りなくて悪かったよ」

逆に謝罪され、何ともいえない気持ちになる。

貴族子息に今と同じ台詞を言われたのなら、クラリッサは気を悪くしていただろう。だが何故かリュシアンの言葉は嫌味に響かない。彼の言葉は素直に受け取ることが出来る。

「今日は何をお聞きになりたいのかしら」

応接室のソファーに落ち着いた後、クラリッサが尋ねると、リュシアンは両手を組んで膝の上に乗せた。

「まだレッスン中じゃないから、率直に話していいよな？」

「ええ、どうぞ」

「プロポーズの話なんだけど――」

言いにくそうに口籠るリュシアンを見て、クラリッサは身構えた。

他にもっと条件の良い令嬢が見つかったのかもしれない。それなら、マナーレッスンもそちらの女性にして貰った方がいい。

クラリッサにとっても、その方がいい。彼と結婚するつもりはないのだから、その方が――。

頭ではそう思うものの、何故か心臓は早鐘を打った。リュシアンといると、理屈で説明出来ないことが次々に出てくる。

「撤回はしない。鉄道のこともあるし、出来れば早く話を進めたかったけど、そっちは何とでもする。まずは、本気で言ってるって君に信じて貰わないと」

リュシアンの思いがけない言葉に、クラリッサは大きく目を見開いた。

「俺が嫌いなら、今そう言って。生理的に無理とかそういう理由なら、頑張っても無駄だもんな」

あくまで合理的に物事を進めようとするリュシアンに、彼女は小さく息を吐いた。

一瞬ドキリとしたが、口説かれているわけではないと知って、安堵もする。

正直今のクラリッサに、色恋沙汰に関わる余裕はなかった。

「それはありません。リュシアン様とは、良い友人になれたらと思っています」

「友人、ね。まあ、今はそれでいいや。あとさ、これからもちょくちょく邪魔するつもりだから、その分の謝礼を払いたいんだけど」

この申し出には、頷けない。クラリッサは家庭教師（ガヴァネス）ではないのだ。彼から賃金を受け取るつもりはなかった。

「お気持ちだけで充分ですわ」

「……言うと思った」

リュシアンはすっくと立ち上がり、あっけに取られたクラリッサの隣に腰を下ろす。

突然距離を詰められ、彼女は息を呑（の）んだ。

「今のままじゃ、どれだけも持たない。これは脅（おど）しじゃないぞ」

リュシアンはそう言うと、クラリッサの手首を掴（つか）んで持ち上げてみせる。

「こんなに痩せて、顔色も悪くて。もうぎりぎりのところまできてる。今君が倒れれば、この家は終わりだ。それは分かってるんだろう？」

リュシアンの的確な指摘に、クラリッサは唇を噛んだ。

黙り込んだ彼女に向かって、リュシアンは別の提案をしてきた。

「……金が嫌なら、食材を差し入れさせて。それならいい？」

「分かりました。ご厚意に感謝します」

クラリッサはそう答える他なかった。

確かに、クラリッサまで倒れてしまってはおしまいだ。栄養をしっかり取って、家計をきりもりしなくては。殆どの領地を手放した今、養う小作人達はいない。それでも侯爵を名乗る以上、出費は何かと多かった。

「じゃあ、そういうことで。結婚については、ゆっくり考えて。いざという時の保険にして貰って構わない。俺は待ってるから」

「……ありがとうございます」

以前のように、あり得ないと突っぱねることは出来なかった。

状況は悪くなるばかりで、好転のきざしはないのだ。クラリッサはじきに辛(つら)い選択を迫られることになる。それはリュシアンも分かっているのだろう。

「はぁ。……これで断られたら、どうしようかと思った」

リュシアンはホッとしたように言うと、ソファーの背もたれに上体を預ける。

「そんなに心配でしたの？」

クラリッサと違い、リュシアンには多くの選択肢があるように思える。

クラリッサに断られても、パーティの招待状が欲しいだけなら、他にも方法があるような気がしてならなかった。

「……くそ、本気で分かってない顔しやがって」

「リュシアン様！」

いかにプライベートとはいえ、今の暴言は聞き逃せない。

「ごめん。君があんまり鈍感だから、つい」

眦を吊り上げたクラリッサを見て、リュシアンは大きな溜息をついた。


それからリュシアンは定期的にオルティス家を訪れるようになった。

仕事が忙しい時には、食事時に裏口から顔を覗かせ、台所にいる三姉妹の顔だけ見て帰って行くこともある。

シルヴィアとリリーはまめなリュシアンにすっかり肩入れしたのか、彼が姿を見せるとさりげなくその場を離れるようになった。二人きりにさせようとする妹達の配慮が、なんともむず痒い。

その日も裏口の扉が数回ノックされた。

クラリッサは苦笑しながらエプロンを外し、リュシアンを出迎える。

初めの頃は正面玄関を使うよう注意していた彼女だが、今ではすっかり諦めていた。

「よそではもちろんこんな真似しない。でも実際、裏口の方が早いだろ。玄関をノックしたって、誰も出て来ない時だってあるんだし」

リュシアンに指摘され、確かにそうだと納得したのだ。とてもじゃないが、執事の真似事までは手が回らない。

「ごきげんよう、リュシアン様」

「こんにちは、クラリッサ嬢。お会い出来て光栄です」

リュシアンは帽子を脱ぎ、丁寧に会釈した。

マナーレッスンの成果は徐々に表れてきている。彼がその気になりさえすれば、の話だが。

リュシアンは顔を上げると、得意げに口角をあげた。

「今の挨拶（あいさつ）はなかなかだったろ？　だいぶ行儀が良くなったって、部下にも褒められたんだぜ」

彼はどうやらクラリッサの前で、そのお行儀の良さを披露する気はないようだ。

「リュシアン様は飲み込みが早くていらっしゃるから」

クラリッサが褒めると、リュシアンははにかむような笑みを浮かべた。無邪気で幼げな表情にドキリとする。

「何かお召し上がりになります？　お飲み物は？」

クラリッサは内心の動揺を気取られまいと、すぐに話題を変えた。

質素な生活を他人に知られることが恥ずかしく、初めはピリピリしていたクラリッサだが、今ではすっかり慣れてしまっている。

リュシアンは勝手知ったる態度で食卓につくと、クラリッサの問いかけに首を振った。

「今日はいいや。さっきまで会食に出ててさ、腹は空いてないんだ。水貰える？　あ、スープが余ってるなら、それ飲みたい」

「もうお食事はお済みでしたの？　それなら、無理しておいでにならなくても」

「追い払おうたって、そうはいかないからな」

リュシアンのふくれっ面がおかしくて、思わず微笑んでしまう。

彼はじっとクラリッサを見つめると、がしがしと頭をかいた。

「はぁ。……もっと長く居られたらいいのに。この後また別件で出掛けなきゃならないなんて、ほんと嫌になる」

上流階級の人間は、決して人前で愚痴を零したりしない。

それはすでにリュシアンにも教えたマナーだ。

クラリッサは彼を窘めようと口を開きかけ、思い直した。

疲れた時に疲れたと言えたなら、どれほど胸がすっとするだろう。ここにいるのは二人だけだ。他人にどう思われるか、びくびく気にする必要はない。

「では、水とスープをお持ちしますわ」

「ありがと。あ、そういやこの前、リリーが淹れてくれたアミデラ茶とかいうお茶を飲んだんだけどさ、あれ何なの？　しばらく腹が痛くて参ったよ」

「アミデラ……。まさか、あの緑色のお茶をお飲みに？」

「ああ。匂いは爽やかだったし、味も渋くはなかったから大丈夫かと思って」

「リリーの胃はおそろしく頑丈なんです。庭を探索しては食べられそうな野草を探すのが、今のあの子の趣味ですの。アミデラもきっと野草の一種ね。リリーの勧めるものは、口になさらない方がいいわ」

「その忠告、もっと早く欲しかった」

彼女が食事を用意している間、リュシアンはテーブルに腕を乗せ、そこにこてんと頭を乗せた。

無作法さを咎めるべきだと分かっていても、それほど疲れているのかと心配になる。

「どうぞ。……リュシアン様も、あまり無理をなさらない方がいいわ」

彼の前にスープ皿と水を置く際、彼女はついらしくないことを言ってしまった。

言った後で気恥ずかしくなる。他人を心配する余裕など、クラリッサにはないはずだった。

慌てて背を向けようとした彼女の腕を、大きな手が掴み、引き止める。

「それは俺の台詞」

「――前にもお教えした通り、本人の許しなく女性に触れてはいけません」

「今はレッスン中じゃないし、君と俺の間に他人行儀なマナーを挟む気はない」

上体を起こしたリュシアンはぐいとクラリッサの手を引くと、椅子をずらし、自分の膝の前に彼女を立たせた。それから無遠慮にクラリッサを眺めて来る。

彼は時折こうして、クラリッサの健康状態を確かめようとする。

そしてこんな時は抵抗しても無駄だと、彼女はもう知っていた。

クラリッサは大人しく体の力を抜き、されるがままになった。

「まだ顔色が悪いな。食材じゃなくて、食事を差し入れるべきだった。そしたらちょっとは休めたのに。……手を見せて」

リュシアンは眉間に皺を寄せて言った。

使用人を解雇したことで、クラリッサ達の生活は一変した。

これまでも簡単な手伝いくらいは三人ともやっていたが、料理や洗濯、拭き掃除など、水を使う仕事は使用人に任せきりだった。

見よう見まねで自分達にも出来ると思ったのは、大きな誤算だった。

すすぎが足りないのか皺まみれのシーツはごわごわで、寝巻きのレースは無体なボロくずへと姿を変えている。料理もお決まりのメニューを順に回して作っているだけだ。

労働を知らなかったクラリッサの白い手は、あっという間に荒れた。

ざらざらの手は、とても人に見せられる状態ではない。

クラリッサは両手を後ろに隠し、首を振った。

「嫌です」

「いいから、出して」

ところがリュシアンも譲らない。唇を引き結び、強い瞳でクラリッサを見上げて来る。

この表情を浮かべた時の彼がどれほど頑固か、クラリッサは短い付き合いの中から学んでいた。

渋々両手を広げて差し出すと、リュシアンは彼女の手を取り、まじまじと見入った。

「これは痛いだろ……。手荒れ用の軟膏（なんこう）があったっけ。あれ塗れば、ちょっとは良くなると思う。ほんとは水仕事を一旦止（や）めた方がいいんだけどな」

同情の眼差しで見つめられ、クラリッサはあまりの恥ずかしさに逃げ出したくなった。

手を引っ込めようとしても、リュシアンは許してくれない。

「そこまでして頂くわけには参りません。ただでさえリュシアン様には、日々の糧を恵んで頂いておりますのに」

混乱した彼女は、わざと嫌な言い方をして彼を跳ね除（の）けようとした。

これ以上、心の中に立ち入って欲しくない。

誰かに優しくされる喜びを覚えてしまえば、一人で立つのが辛くなる。

「そんな言い方はやめろ。君が最初に教えてくれたことだろ？」

ピシャリとリュシアンに注意され、クラリッサは唇を噛んだ。

彼は壊れ物を扱うような優しい手つきで、クラリッサの手を握り直した。

「君は俺に色んなことを教えてくれる。俺はその礼をしてる。ただそれだけのことだ。お互い卑屈になる必要なんて、どこにもない」

「……そうですわね」

「一番効く軟膏を薬屋に頼んでくるから、ちゃんと使うんだぞ？　三人ともだ」

子供に言い聞かせるような口調で念を押して来るリュシアンは、きちんとした大人に見えた。

普段は忘れがちだが、彼はクラリッサより五つも年上だ。

ほんの少し。ほんの少しなら、甘えても許されるだろうか。

会社の経営者でもあるリュシアンならば、彼女の弱音を笑い飛ばしてくれるのではないだろうか。

クラリッサの心はぐらぐらと揺れ動き、気づけばポツリと零してしまっていた。

「本当は、すごく痛むのです」

リュシアンは目元を和らげ、うん、と短く頷いた。

その優しい眼差しに勇気づけられ、クラリッサは口を開いた。

「こんなに大変だとは思いませんでした。マナーや教養なんて、今の生活では何の役にも立ちませせん」

家族にさえ零したことのない愚痴を吐き出し、クラリッサはぎゅっと目をつぶった。

本当はもう何もかも投げ出し、一日中眠っていたい。

身も心も磨り減り過ぎて、ぺらぺらの紙にでもなった気分だ。

リュシアンは立ち尽くすクラリッサに向かって、静かに問いかけてきた。

「抱きしめていい？」

「……友人としてなら」

「今はそれでいいよ」

逡巡した後、クラリッサが小さく首を縦に振ると、リュシアンは立ち上がった。

次の瞬間。クラリッサは、リュシアンの腕の中にいた。

乱暴さの欠片もない優しい手が、そっと彼女の背中に回される。

以前もこんなことがあった。

クラリッサは目を閉じ、リュシアンの胸元に頭を預けた。

仕立て直しの内職が知られてしまった時だ。あの時、クラリッサは身を固くし、彼の衝動的な抱擁をやり過ごした。

だが、今日は違う。彼女は細い腕を伸ばし、リュシアンの腰に回した。頭上から息を呑む音がする。

今度は彼の方が戸惑っているようだ。

クラリッサは可笑しくなり、やがて悲しくなった。

私は一体、何をしているのだろう。こんなところをお父様が見たら、なんと仰るか――。

「お願い。しっかりしろ、と仰って、リュシアン様」

込み上げて来る悲しみで、声が掠れる。

「……君は充分よくやっている。疲れて当然だ」

リュシアンの答えは、優しかった。もっと頑張れ、しゃんとしろ。そんな風に突き放してくれたら、クラリッサも正気を取り戻せるのに。

更にはおっかなびっくりの手つきで、頭まで撫でて来る。

クラリッサは崩れそうになる膝に力を込め、きつく唇を噛んだ。

翌週、リュシアンからスタンプの押された手紙が届いた。

初めて会った日から三ヶ月は経っている。この日、ようやくクラリッサは彼の会社の場所を知った。

マイルズ商会は、港近くの大通り沿いに事務所を構えているようだ。実際に足を運んだことはないが、近年急激に栄えてきた地区であることは知っている。彼女の情報源は、定期新聞だった。

貴族や中産階級の富裕層が購読している新聞を、クラリッサも読むようにしている。

配達員に払う銅貨がいくら惜しくても、そこは節約出来ない。オルティス家の当主代理として、世間の動向はある程度知っておく必要があった。紳士であればクラブやサロンで読めるだろうが、クラリッサからは遠い世界だ。

彼女は一度部屋に戻ると、ペーパーナイフで封を開けた。

『レディ・クラリッサ・オルティス』

封筒の宛名は、教えた通りの尊称で綴られている。

だが手紙の中身は、至って気さくなものだった。

『突然だけどさ、香水ってつけてないと変なのか？　この間、リューブラント伯と一緒にサロンに行って気づいたんだけど、男からもなんか良い匂いがしてるんだよ。香水は女性がつけるものってイメージあるんだけど、その辺どうなのか教えて欲しい。出来れば、実際に見立てて貰えるとありがたい』

クラリッサはなるほど、と一人頷いた。

他家を訪問する際の名刺の置き方や、紹介を受ける際のマナーなど、交流のエチケットは色々と教えてきたが、身だしなみについては特別なアドバイスをしたことがない。

リュシアンはいつも洒落た身なりをしていたので、その必要を感じなかったのだ。

彼に抱き締められた時のことを思い出してみる。リュシアンからは清潔な肌の匂いがした。個人的には好ましいが、これから大きなパーティへ出るのなら香水を用意しておく方がいい。

クラリッサは早速返事をしたためた。

上流階級の男性は、そう強くない香水をつけていること。フローラルな甘い香りは避け、ラベンダーやシトラスなど爽やかな香りを選ぶと良いことなどを記した。

しばらく迷った挙句、クラリッサは思い切ってペンを走らせた。

『母の愛用していた香水専門店が、ブラトン通りにあります。私も一度しか行ったことがないのでお役に立てるかは分かりませんが、よろしければご一緒します』

未婚の淑女が付添人なしで出歩くのは外聞が良くないが、シルヴィアを連れて行けばリリーが一人になる。使用人の引き受け先を探す時も、こっそり一人で出掛けたのだ。買い物程度の外出なら、そこまで気にすることもないだろう。

リュシアンからの返事はすぐに来た。ただでさえ濃い文字が、更に濃く弾んでいる。

『ありがとう。じゃあ、明後日の昼過ぎ、迎えに行く。約束したからな。急に気が変わるのはなしだからな』

何度も念を押す文章にクラリッサはくすくす笑った。

そして当日――。

リュシアンは二頭立ての馬車に乗ってやって来た。

今日の彼は、ダークグレーのラウンジジャケットを羽織り、薄灰色のジレに細いストライプのズボンを合わせている。正装とまではいかないが、買い物用の外出着としては上々の装いだ。袖口から見えているシャツの長さもちょうどよく、カフスリングも洒落ている。

クラリッサはといえば、昨日慌てて手直ししたタフタシルクのドレスを纏っていた。流行遅れの型を誤魔化そうと、襟ぐりにフリルをあしらったものだ。後は大げさに膨らんだ袖をタイトに直しただけだが、パッと見ただけでは古着だと分からないだろう。

帽子を被り、取って置きの仔山羊革の手袋をはめる。普段はクローゼットにしまってある高価な手袋だ。一枚しかないので、破ったり無くしたり出来ない。

きちんとした店へ買い物に出掛けるのは久しぶりで、クラリッサは内心緊張していた。

「ごきげんよう、クラリッサ嬢。今日もとてもお綺麗ですね。ご一緒出来て光栄です」

リュシアンは帽子を持ち上げ挨拶すると、馬車の扉を押さえてクラリッサをエスコートした。

予習して来たのか、完璧な振る舞いだ。

彼の貴公子然とした所作に、クラリッサは僅かな寂しさを覚えた。

馬鹿げた感傷だと分かってはいるが、彼女の知っているリュシアンではなくなった気がする。

「どうだった？　ちゃんと合ってた？」

馬車が動き出した途端、リュシアンが尋ねて来る。

「ええ、申し分ないエスコートだわ」

「良かった。せっかく手間を取らせるんだし、日頃の成果を見せようと思ってさ」

上機嫌な様子のリュシアンを見ているうちに、クラリッサの寂しさは薄れていった。緊張もいつの間にか消えている。

「俺さ、香水専門店って実は初めて行くんだ。うちでも扱ってる商品だから、売り込み鞄(かばん)の中では見たことあるんだけど」

「売り込み鞄の方が滅多(めった)に見られない気がしますわ」

リュシアンの仕事は、貿易業だと言っていた。輸入品には香料や香水も含まれるのだろう。言葉も文化も異なる国で立ち回ることの出来るリュシアンに対し、改めて尊敬の念が湧いて来る。

「今でもご自身で買い付けに行かれるのですか？」

「会社が軌道に乗るまでは一年中飛び回ってたけど、今は信用出来る部下に任せてる。大口の取引とか、新規開拓の時だけは自分の目で確かめたいから行くけど……。って、こんな話、つまらないだろ？」

リュシアンが途中で話を切り上げようとしたので、クラリッサは急いで首を振った。

「いいえ。とても興味深いわ。外国の話は本でしか読んだことがないんですもの。シュラールへ遊びに行ったことさえないんです」

隣国であるシュラール共和国への長期旅行は、若い淑女の間で一種のステータスになっている。

セルデン王国より先に近代化の波に飲み込まれたシュラールは、すでに王政を廃止し、下流貴族出身の銀行家だった男が党首となって共和制を敷いた。無血革命だった為、王室は丸ごと残っているし、政局も安定している。他国との交流を活発に行い、芸術や商業を手厚く保護した政策は当たり、シュラール共和国は『大陸の華』と呼ばれるまでになった。

シュラール風と呼ばれるファッションや料理は、ここセルデン王国でも人気を博している。セルデンの貴族女性達は、こぞってシュラール人のメイドを雇い、流行の髪形や服装を楽しんでいた。

「シュラールか。俺はもっと素朴な文化の国が好きだけど、君が行ってみたいならいつでも連れて行ってやる」

「ふふ。それも売り込みですの？」

「ああ。俺を選べばついて来る利点は、どんどんアピールしていかないとな」

茶目っ気たっぷりにそんなことを言うリュシアンに、クラリッサは安らぎを感じた。

彼と話している時は、必要以上に身構えなくて済む。

貧しい没落令嬢であることを恥じずに済む。

リュシアンから他国の話を楽しく聞いているうちに、時間はあっという間に過ぎた。

やがて馬車が停まり、御者台から声がかかる。

「社長、到着しました」

「お、着いたみたいだな。ちょっと待ってて、先に降りるから」

リュシアンは軽やかな身のこなしで馬車から飛び降りると、クラリッサに両手を差し伸べた。

腕の中へ飛び込んで来いと言わんばかりの仕草に、クラリッサは軽く眉を上げ、彼の手を拒む。

「御者が踏み台を準備するのを待って下さい、リュシアン様。その後、私に両手ではなく片手を差し出すのがマナーです」

「そっか、行きの逆をやんなきゃいけないのか。わざわざ持ってきて貰うの手間だし、踏み台を待ってる時間がもったいないだろ。転げ落ちるほどの高さじゃないしさ」

リュシアンの言い分に、クラリッサは微笑まずにはいられなかった。

踏み台なしで軽々と飛び降りられる若さと丈夫さがあるから、そんな風に言えるのだ。それに貴族達は、『人に傅かれる』ことに慣れている為、御者の手間を減らそうとは考えもしない。

クラリッサが腰をあげようとしないので、リュシアンは軽く溜息をついて彼女の流儀に従った。

ブラトン通りには、今から訪れる香水専門店の他に、宝飾店や高級な仕立て屋なども軒を並べている。日傘を差して上品に歩いている淑女達をよく見かける通りなのだ。

そんな場所で若い男の腕に飛び込むなんて真似は、クラリッサには出来なかった。

「二人きりの時くらい、俺のやり方に合わせてくれてもいいのに」

クラリッサをエスコートしながらリュシアンがぼやく。

彼女はその言葉には答えず、優雅な足取りで店へと進んだ。

重い扉を開くと、高い天井と立派なカウンター、そして奥に据えられた大きな薬棚が目に飛び込んでくる。薬棚には香料が含まれたエキスやオイルの入ったガラス瓶がきっちり収められていた。

クラリッサはまずは、商品が並んでいる陳列台を見て回ることにした。

リュシアンはといえば、大人しく彼女の供をしている。時折、商品を手に取っては値札と比べ、そっと元に戻しているが、その時の目つきは買い物客のそれではなかった。

「……敵情視察ですの？」

扇で口元を隠し、そっと尋ねてみる。

リュシアンはにやりと口角をあげた。

「せっかくだし、相場とか商品のデザインとか調べて帰ろうと思って。思ったより沢山種類があるんだな。これ、全部香水？」

小声で問い返され、クラリッサはゆるく首を振った。

「いいえ。こちらは髪油ですわ。……こちらはバスオイル。こちらはハンドクリームですわね。香料入りのキャンドルやインクなどもありますのよ」

「へえ……！」

心底感心したように目を見開き、リュシアンはそわそわと辺りを見回す。

「メモは取ったらダメだよな」

「それはいけません。リュシアン様の頭の中に記入なさって」

からかうように言うと、リュシアンはむう、と唇を引き結んだ。

「無茶ばかり言うんだからな、このお姫様は」

本当に表情の豊かな方だ。クラリッサは思わず目を細めた。

リュシアンののびやかさが眩しくてならない。

彼もまた、まじまじとこちらを見つめている。

灰青色の瞳には、彼女の知らない熱が籠っていた。

図らずも見つめ合う形になった二人に、店員が声をかけて来る。

「何かお探しでしょうか。お役に立てるかもしれません、どうかお気軽にお申しつけ下さい」

クラリッサは弾(はじ)かれるように我に返った。

彼の瞳には何らかの魔力がある気がしてならない。見つめられると動けなくなってしまう類(たぐい)の何か。

内心の動揺を気取(けど)られないよう、落ち着いた態度で店員に微笑みかける。

「ええ、ありがとう。男性用の香水を見に来たの。おすすめはあるかしら？」

「なるほど。でしたら、幾つかご用意させて頂きます。カウンターへどうぞ」

店員の案内に従って、ピカピカに磨かれたオーク材のカウンターへと移動する。背の高いスツールに腰掛ける時、クラリッサは扇でリュシアンの腰をつついた。

リュシアンは一瞬ぎょっとした表情を浮かべたが、すぐに察して彼女に手を貸す。

クラリッサの隣にリュシアンも腰掛けようとしたので、彼女は再び扇を繰り出すことになった。男性はこういった場では座らないものだ。女性の隣に礼儀正しく立っていなければならない。

今度は何故つつかれたのか分からないリュシアンが、不服そうにクラリッサを見下ろす。

彼女はさりげなく目線を動かし、少し離れた場所で香水の調合を頼んでいる二人連れを指し示した。

クラリッサより年上の女性が、夫らしき男性と共にカウンターにいる。女性はスツールに腰掛けているが、男性は彼女を守るように傍(かたわ)らに立っていた。

リュシアンは得心したのか、軽く頷いてクラリッサの隣に立つ。

店員は二人の奇妙なやり取りには気づかぬ振りで、トレイに幾つかの香水瓶を乗せていった。

「当店で人気なのはこちらですね。良ければ、嗅いでみて下さい」

カウンターの上に置かれたトレイの上から、クラリッサはガラス瓶を取り上げた。

瓶の隣に置いてあるまっさらなリネンのハンカチに、数滴たらし、少し待つ。それから、ハンカチに顔を近づけ、匂いを吸い込んだ。この手順は、亡き母に教えて貰ったものだ。

『直接瓶から香りを嗅いではダメよ、クラリッサ。鼻がおかしくなってしまって、きちんと選べなくなるわ』

母の優しい声を思い出しながら、ブレンドされた香りを嗅ぐ。

「オレンジ、レモン……これはスズランかしら？　ジャスミンに……ムスクがほんの少し」

「ええ、流石ですね。後は緑茶と乳香です」

「緑茶？　それは分からなかったわ」

「混じっているといってもほんの少しなんですよ。一流の調合師でも全ての香料を当てるのは難しいものですから」

店員はそう言うと、「お客様はとてもセンスが良いですね。殆どの香りを当てられたのですから」とクラリッサを褒めた。

「ありがとう。ミドルとラストはどんな香りになるかしら」

「トップノートは爽やかですが、ミドルで優しくなって、ラストノートは男らしい香りになります。全体的な印象はシトラスグリーンなので、場面を選ばずつけて頂けますよ」

「そう。……本当に良い香りだわ。何だか安心する」

クラリッサはもう一度ハンカチを嗅ぎ、しみじみ言った。デビューしたての頃、華やかなパーティで挨拶を交わした男性達は皆、ムスク系の香水をつけていた気がする。だがこちらの方が若々しいし、リュシアンに合う気がした。

店員はそうだろう、というように何度も頷く。

彼らのやり取りを黙って見ていたリュシアンは、次の瓶を試そうとした彼女の手を押さえた。

「もういいよ。それにするから」

「もう決めてしまわれるの？　リュシアン様はまだ嗅いでもいないのに」

クラリッサが戸惑いながら言うと、彼はむすっとした顔でクラリッサの使ったハンカチを取り上げた。そのままくんくんと何度か嗅ぐ。

「確かにいい香りだ。これにする」

「そう……では、そうしましょう」

クラリッサは僅かに落胆しながら答えた。

こんなにあっさり決まってしまうとは思ってもみなかったのだ。あっけなく終わってしまった買い物を残念に思いながら腰を上げる。

「じゃあ、次はクラリッサの番。髪油とハンドクリームだっけ。欲しそうに見てたよな。皆にもお土産で買って行こう」

リュシアンはクラリッサの手を取り、自分の腕にかけさせると、足早に商品棚へと戻った。

「欲しそうだなんて――」

　直接的な言葉に赤くなったクラリッサだったが、リュシアンがあれもこれもと手を伸ばすので、結局は幾つか買って貰うことになった。買い物に付き合って貰った礼だと言われれば、断るのは却って失礼だ。

「君の香水は、既製品じゃなくてオーダーメイドのやつをうちで作るから、待ってて」

　会計を済ませたリュシアンにそう言われ、クラリッサは戸惑った。

「そんな……わざわざそんなことをして頂く必要はありませんわ」

「うん、必要はない。俺が作りたいだけ」

「リュシアン様ったら」

　強引なやり口は、クラリッサの好むところではない。それなのに、リュシアンの強引さは嫌ではなかった。それどころか心が弾んでしまう。

　少しずつ彼へと気持ちが傾いているのが分かる。

　リュシアンが求めているのは、オルティス家へ届く招待状であって、クラリッサ本人ではない。

　好きになっても空しいだけだと、理性では分かっている。

　彼の手を取るのなら、身売りする覚悟を決めてからの方がいい。心を殺して、義務的な契約を結ぶ方がいい。

　馬車に乗り込んだ後、クラリッサは急に疲れを覚え、そっと背もたれに寄りかかった。

　無口になったクラリッサを気にしたのは、リュシアンだ。彼女に何度も話しかけようとしては、口を閉じる。それればかりか、長い指で忙しなく膝を叩く。

これにはクラリッサの方が参ってしまった。

「何かお困りのことが？」

さりげなく話しかけてみる。リュシアンは眉根を寄せ、渋々口を開いた。

「……さっきは悪かったと思って」

「何のことですの？」

リュシアンが何について謝ろうとしているのか、さっぱり分からない。目をぱちぱちと瞬かせたクラリッサに向かって、リュシアンはぶっきらぼうに言った。

「せっかく店員と楽しく話してたのに、俺が割って入っただろ？　あれを怒ってるんじゃないのか？」

「怒ってなんていません」

楽しく話していた、と言われても、普通にやり取りをしていただけだ。香水自体、何瓶も試せるものではない。一瓶目で気に入るものに出会えたのなら、それが最良だと説明する。

「なら良いけど。……じゃあ、なんであの時、残念そうな顔をしたんだ？」

まさか、すぐに買い物が終わってしまうのが寂しかったとは言えない。

「していませんわ」

クラリッサはとぼけた。リュシアンは疑わしそうに彼女を見つめる。

じっと見つめられること数十秒。

「本当です！」

耐え切れなくなったクラリッサが声を上げると、リュシアンはようやく表情を和らげた。

「はいはい、じゃあそういうことにしとく」

あやすように言われ、クラリッサは心の中で嘆息した。彼には振り回されっぱなしだ。

そうこうしているうちに、馬車がオルティス邸へと到着する。

ブラトン通りに並んでいた建物とは大違いの、古ぼけた大きなだけの館が目の前に現れ、クラリッサは現実に引き戻された。

屋根も壁も、もう何十年も塗り直していない。庭は荒れ放題で、門扉は錆びついている。

クラリッサが必死に維持している屋敷のあわれな姿に、口の中が苦くなった。

「今日はありがとうございました」

か細い声で礼を述べ、馬車を降りたクラリッサを、リュシアンはぎゅっと抱き締めた。

それはほんの一瞬の出来事で、彼はすぐに離れたが、クラリッサの心はぐらぐらと揺さぶられた。

「リュシアン様！」

「ごめん。だけど、あんまりしょげた顔してたから。友人としてなら抱き締めてもいいって、前言わなかったか？」

キッと睨みあげれば、リュシアンの心配そうな眼差しとぶつかる。

同情されているのだと分かり、余計に居た堪れなくなった。

「あ、あれは――。あの時はどうかしていたのです。いつでも許すとは言っていません！」

頬を真っ赤に染めて抗議するクラリッサに、リュシアンは小さく舌打ちする。

「舌打ちはもってのほかだって、前に言いました」

「分かった、ごめん。もうしない」

リュシアンは両手を上げて謝った。冗談めかした態度だが、瞳は傷ついた色を浮かべている。

彼は丁寧に今日の礼を述べた後、馬車へと戻って行った。

去り際、彼女の手に香水店の包みを渡すことは忘れない。

クラリッサは苦々しい思いで遠ざかる馬車を見送った。

いきなり抱き締めてきた彼が悪いのに、何故自分が罪悪感を覚えないといけないのだろう。

リュシアンの気持ちがさっぱり分からない。一体どういうつもりで、クラリッサを振り回すのだろう。彼にその自覚はないかもしれないが、触れられる度にどれほど心を乱してしまうか、分かっていないこと自体が憎らしい。

クラリッサは憤りを燻(くすぶ)らせながら、妹達を探すことにした。

無性に二人の顔が見たくなったのだ。

妹達を見れば、変に浮ついた気持ちも引き締まるだろう。二人を守れるのは自分しかいないのだと発奮出来る。

裏庭へ回ってみると、木製のベンチに座ったまま眠っているシルヴィアが視界に入った。

ベンチ脇には空き籠が置いてある。洗濯物を取り込みに来たものの、まだ乾いていなかったのだろう。少し休憩しようとして、寝入ってしまったに違いない。

「シルヴィア。こんなところで寝ると風邪を引いてしまうわよ」

　クラリッサが優しく揺り動かすと、ハッとしたようにシルヴィアは目を覚ました。

「あ、私、洗濯物を……」

「大丈夫、まだ全部は乾いていないみたい。今日は天気が良いから、じきに乾くでしょう。それまでここで休んでいるといいわ。膝掛けを持って来ましょうか？」

「ありがとう、お姉様。でもいいわ。乾くまでの間、浴室を掃除してくる」

「リリーは？」

「お父様の様子を見に行ってくれたわ。その後、昨日回れなかった部屋を換気するって言ってたけど、どうしたかしら」

「私達にこの屋敷は広過ぎるわね。使わない部屋は、いっそ閉じてしまいましょうか。家具に埃よけのクロスをかぶせればいいと思うの」

　クラリッサが提案すると、シルヴィアは瞳を潤ませ、唇を歪めた。

「——お父様は昨日から何も口にされていないわ。もうじき、私達だけになるのね。閉じた部屋だらけの大きな屋敷に、三人きりで暮らすのね」

　クラリッサは返答に詰まった。シルヴィアの言うような未来は、来ない気がした。

　屋敷を維持する力さえ、もうオルティス家には残っていない。じきに自分達は、貴族令嬢ではなくなるだろう。

「シルヴィ。……ごめんね」

「謝らないで。お姉様のせいじゃない。ただ、懐かしいの。賑やかだった頃が懐かしいのよ、お姉様」

「そうね。私もよ」

よろよろと立ち上がったシルヴィアの肩に手を回す。

妹は涙を零しながら、クラリッサに抱きついてきた。

クラリッサはシルヴィアを抱き締めながら、ふと、力強い腕の温もりを思い出した。

きつく瞳を閉じ、心の中からリュシアンを追い出す。

彼の行動に一喜一憂する余裕はないはず。今はやらねばならないことに集中しよう。

クラリッサは懸命に自分に言い聞かせた。

シルヴィアの言った通り、それからどれほども経たないうちに、姉妹は三人きりになった。

オルティス侯爵の葬儀はしめやかに執り行われた。

西庭の端にある墓地へ赴き、墓守が掘った深い穴に棺が下ろされるのを見届け、喪服に身を包んだ三姉妹は別れの花束を投げ込んだ。

葬儀へはホランド公爵も立ち会った。

知らせは送ったものの、まさか本当に来てくれるとは思っていなかったので、クラリッサは意外に感じた。

その他の参列者は、リューブラント伯爵夫妻だけだ。

喪があければ、借金の清算を迫る債権者で屋敷はごった返すかもしれないが、今は静かなものだった。

心からの悔みを述べてくれたリューブラント伯へ、父が残した手紙を渡すと、彼は顔をくしゃりと歪めた。

「彼が私に、これを？」

「ええ。父がまだ起き上がれる時期に書いたものだと思います。良ければ読んでやって下さい」

「ありがとう。出来れば手紙ではなく、直接別れを言いたかった。こんなに早く逝くなんて……寂しくなるよ。とてもね」

「そう仰って下さる方がいて、父も救われます」

参列者は家族を含めてたった六人という、寂し過ぎる葬儀だった。これが建国以来代々続いてきた侯爵家の葬儀だとは。

鋭い痛みに似た哀しみと寂寥感に襲われる。

クラリッサは目の前の事象全てを上滑りに捉えることで己の心を守った。

表情を消し淡々と受け答えをするクラリッサを、リューブラント伯は痛ましげに見つめた。

「これからのことはまだ考えられないかもしれないが、何かあればいつでも連絡を寄越してくれ」

「ありがとうございます。これまでのご支援にも深く感謝致します」

頭をさげたクラリッサに、リューブラント伯爵は首を振る。

「何でもないことだよ。……そういえば、リュシアン・マイルズには会ったのだろう？」

昏(くら)いクラリッサの瞳に、ほんの一瞬光が戻る。

「ええ。マイルズ様にも沢山のご支援を頂いています。マナーレッスンをお引き受けしたら、その謝礼だと仰って」

「そうなのかい？」

意外そうに両眉をあげ、リューブラント伯は首を傾(かし)げた。

「レッスンだけ？」

「ええ、それだけですわ」

リューブラント伯の反応を訝(いぶか)しく思いながら、クラリッサは答える。

彼はレッスン以外の何があると予想していたのだろう。

「案外意気地(いくじ)のない……。仕事の時はあんなに強気なのに、一体何を悠長にやってるんだ」

リューブラント伯はぶつぶつと文句を零し、はぁ、と大きな溜息をついた。


リューブラント伯夫妻を見送った後、クラリッサは静まり返った屋敷へと引き返した。

伯父のホランド公爵と、これからの身の振り方について話し合うことになっているのだ。

シルヴィアとリリーは、父の部屋の片づけに取りかかっている。

応接室で、クラリッサは伯父であるホランド公爵と向かい合った。

この部屋だけは欠かさず毎日掃除してあるので、引け目を感じずに伯父を案内することが出来た。

応接テーブルに飾ってある花は、リリーが庭で摘んできたものだ。

「率直な話をしようか。私も多忙な身で、長居は出来ない」

ホランド公爵は、クラリッサが淹れたお茶には目もくれず、単刀直入に切り出してきた。

しばらく会わないうちに、伯父はすっかり変わっていた。

気取った話し方はなりをひそめ、実務的な態度が板についている。

会社を経営している影響だろうか。公爵というより実業家のようだ。

「ええ、伯父様。私もその方がありがたいわ」

「爵位は男子直系相続というのが決まりだが、男児が生まれなかった場合、長女が継ぐことも出来る。その場合、君は結婚をしなければならない。独身の女侯爵は我が国では認められていないからだ。そこまでは？」

「はい。父から聞いて、存じております」

「君の年ならすでに結婚していてもおかしくないが、そうか。彼は知っていて、君を一人残したのか」

伯父の声に父への嘲（あざけ）りの色が籠るのを、クラリッサは黙って聞き流した。

伯父にも言い分があるのだろう。

実の妹を強引に娶（めと）っておいてあっさり死なせた父を、今でも憎んでいるのかもしれない。

「本来なら、うちで君の婚約者を用意しなければならないのだろうが、今の状態のオルティス家を引き受ける余裕はない。君には選択肢が二つある。一つは、近日中に自力で結婚相手を見つけること。もう一つは、爵位を王家へ返上することだ。納税の義務から解放されるし、残務整理は国が行ってくれる。そうやって貴族年鑑から消えていく家名は、昨今では珍しくない」

伯父が示した二つの選択肢は、クラリッサもずっと考えてきたものだった。

リュシアンが現れるまでは、爵位を返上しようと思っていた。

家屋敷や僅かに残った領地全てを没収される代わりに、借金からも解放される。

街で小さな部屋を借り、そこで二人の妹と暮らしていくことになるが、クラリッサが頼み込めば、古着屋の主人が針子の仕事を回してくれるかもしれない。

何とか食いつないでいくことは出来るだろう。

たとえその先の未来が全く見えないとしても、借金のかたに売り飛ばされるよりはマシだ。

求婚者など現れるはずがないと思っていたからこそ、クラリッサは覚悟を決めることが出来た。

リュシアン・マイルズさえ現れなければ、侘しい諦念を胸に、今ここで伯父に返事が出来たのだ。

「……私の夫が、貴族でなければならないという決まりはありますか？」

掠れた小さな声が、クラリッサの唇から零れる。

ホランド公爵はハッと鼻で笑い、足を組み替えた。

「リュシアン・マイルズのことは聞いている。マイルズ商会の社長だったか？　随分、君に入れあげているそうじゃないか」

クラリッサの頬が朱に染まる。

伯父がリュシアンを知っているとは思わなかった。

もしや、社交界中の噂になっているのだろうか。

いかがわしい関係ではないと誓って言えるが、人は自分の捉えたいように捉えるものだ。

「昔は片側が平民の場合、正式な婚姻だとは認められなかったが、時代は変わった。もちろん、君は平民とも結婚出来る。だが、その場合、君達の子供の爵位継承権は低い。君の従兄弟であるうちの息子。そしてその直系男子の方が順番は上だ。シルヴィアとリリーが貴族と婚姻を結び、その子が男児である場合は、もちろんそちらが優先されるが……」

伯父は部屋をぐるりと見回し、かつて飾ってあった大きな絵が外された跡に目を留めた。名のある画家の作品だったので、あの絵は高値で売れてくれたと、クラリッサは思い出した。

「その望みは低いだろうな」

言外に「こんな没落した家の娘に求婚する貴族はいない」と匂わされ、クラリッサは胸の中で反論した。シルヴィアもリリーも、高貴な結婚など望んでいない。

シルヴィアは食堂で働いてみたいと言っている。とても楽しそうに働いている女給仕を買い物の途中で見かけて以来、それが彼女の夢だ。リリーにいたっては、お高くとまった貴族の妻になるより、食いっぱぐれの心配のない肉屋に嫁ぎたいと大真面目な顔で打ち明けてきた。

伯父は貴族と結婚出来そうにない妹達を憐れんでいるのかもしれないが、大きなお世話だと言ってやりたくなる。

ここにリュシアンがいたのなら、面と向かって言い放ったに違いない。

その時の伯父の顔を想像し、クラリッサは密かに溜飲を下げた。

「では、私が家を継ぎ、全ての借金を返せば、その後は好きな時に従兄弟殿へ爵位を譲ることが出来るということですか？」

彼女の申し出に、ホランド公は目を眇めた。

「女侯爵はそもそも暫定的なもの。王に申し出、受理されれば、爵位を次の継承者へ譲ることは出来る」

伯父は警戒したのか、それだけを口にした。

クラリッサにはそれで充分だった。

この後の話は、伯父ではなくリュシアンとするべきだ。

「分かりました。ひと月のうちに王城へ届出を出すのでしたね」

「ああ、そうだ。なるべく早いうちに、賢い決断を下すことを望むよ」

「ご期待に添えるよう、努力いたします」

玄関まで伯父を見送り、クラリッサはしばらく立ったまま、これからのことを考えた。

今でも便宜的な婚姻を結ぶことには抵抗がある。

クラリッサも貴族の娘なので、恋愛結婚でなければ嫌だというつもりはさらさらないが、相手がリュシアンとなると損得だけでは考えられない。

だが、早々に爵位を返上すると決めることも出来なかった。

諸々の決定は、リュシアンと話をしてからでも遅くはないはずだ。

そう、家の為に彼と会わなくてはならないだけ。

決してリュシアンの顔が見たいからでは、声が聞きたいからではない。

クラリッサは両手を握り締め、これから取る自分の行動に正当な理由を押しつけた。

第四章　決心

葬儀の五日後。

クラリッサは、内職用の型紙を使って仕上げたシンプルな黒のモスリンドレスに着替えた。

首まで詰まった長袖のドレスにはレースも刺繍もない。胸のくるみボタンがかろうじてアクセントになっているくらいだ。

厳密に言えば、モスリンはまだ彼女が身につけて良い生地ではない。だが粗い毛織で作られた正式な喪服は肌触りが悪く、長い時間身につけていると肌が赤くなってしまう。特に外出には向いていないドレスだった。

心の中で亡き父に謝り、クラリッサは着心地を選んだ。

ベール付きの黒い帽子を外し、髪を片側で簡単に束ねて、薄く化粧を施す。

鏡の前に立ってみると、そこにはやつれた町娘が映っていた。

知り合いに目撃され、父親が死んだばかりなのに早速出歩いているなどと悪評を立てられてはかなわない。

だがこの格好ならば、誰もクラリッサだとは気づかないだろう。

屋敷を出て、乗合馬車に揺られること一刻。

この辺りだろうと見当をつけ、クラリッサは馬車を降りた。

手帳に書き写してきた住所と建物に刻まれている番地を見比べながら、初めての道を歩く。

幸いなことに、マイルズ商会はすぐ近くにあった。

最近建てられたばかりなのか、首が痛くなるほど見上げなければてっぺんが見えない大きな縦長の建物は真新しい。横ではなく上へと伸びる今流行り（はやり）の建築様式だ。

大理石の階段を数段登ったところに両開きの扉があり、脇には真鍮（しんちゅう）の看板がかかっている。

『マイルズ商会』

ピカピカに磨かれた看板に刻まれた文字をじっくり眺め、クラリッサは嘆息した。

リュシアン・マイルズは本物の成功者だ。

建物の前に停まっている数台の馬車には、すべてマイルズ商会の刻印が施されている。

賑（にぎ）わう大通り沿いにここまで立派な事務所を構えることが出来るほどの資産家にこれから会うのだと思うと、急に自分の格好がみすぼらしく思えて来る。

もう少しきちんとしたドレスで出直すべきだろうか。

クラリッサは入口で立ち止まり、躊躇（ためら）った。

ところが数秒も経（た）たないうちに、向こう側から扉が開けられた。

「――はいはい。分かったよ、相変わらず人使いが荒いな」

半分開いた扉の向こうから姿を現したのは、仕立ての良いフロックコートに洒落（しゃれ）たネクタイを締めた若い男だ。

「うるせえ、黙って行け！」

青年の後ろから聞こえた乱暴な声には、聞き覚えがある。

一旦出直そうかと思案中だったクラリッサは、驚きで棒立ちになった。

まさかこんなにすぐにリュシアンに会えるとは——。

入念に準備してきたはずの言葉が、頭の中でさらさらと消えていく。

扉の脇で固まっているクラリッサに気づき、青年がおや、と首を傾げた。

「こんにちは、お嬢さん。うちに何か御用ですか？」

「あ、あの……私」

貴族の邸宅を訪問したことはあっても、商会の事務所に来たのはこれが初めてだ。

最初の挨拶はどうしたものだろう。上流階級では、淑女から話しかけるのがマナーだ。話しかけられていないのに、図々しく口を開く紳士はいない。

だがおそらく、平民の間では違うのだろう。

「ここでは小売はしてないんだけど、間違えて来ちゃったのかな？　うちの商品目当て？」

せっかちな性分なのか、この辺りでは一般的なのか、青年は立て続けに尋ねて来る。

クラリッサは拳を握り締め、覚悟を決めた。

ここまで来たら、こちらの社長さんにお会いしたくて参りました」

「え？　リュシアンに？　うちのに、何か悪さされた？」

どうしてこの青年は質問ばかりして来るのだろう。

クラリッサがどう答えたものかと逡巡している間に、扉が大きく開け放たれた。

「さっさと行って見てこいっつってんのが、わかんねーのか！」

「もー。知らせて貰えなかったからって、八つ当たりはやめてよね」

心底迷惑そうに眉を顰めた青年の背後から、リュシアンが姿を現す。

青年の背中を小突こうと腕をあげた彼の視線が、ふとクラリッサに向けられた。

間に青年を挟んだ形で、しっかり目が合う。

「……っ⁉」

リュシアンは息を呑み、クラリッサを凝視してきた。

青年は肩を竦め、リュシアンに文句をつける。

「分かったよ、行くよ、行きますよ。このお嬢さん、お前に用があるんだって。その様子じゃ、心当たりあるんだね。あのさ、結婚考えてるなら、身辺整理くらいきちんと……あいたっ」

ぺらぺらと喋り続ける青年の頭を、リュシアンがぽかりと叩く。

「もういい。黙れ、アレックス。あと、行かなくていい」

「はぁ？　何なの、一体。行けって言ったり、行くなって言ったり、人が喋ってるのに急に頭叩いたり。何様なわけ？　社長様とか言ったら、殴り返すからね」

リュシアンに拳骨をくらった――どうやらアレックスという名らしい青年は、涙目で抗議した。

クラリッサは二人のやり取りに圧倒され、あっけに取られた。

乱暴な言葉使いや拳骨に、ひたすら驚いたのだ。仲が良いからこそのじゃれ合いなのだろうと推測は出来るが、なんせこれまで一度も見たことがない。

「アレックス、俺が悪かった。悪かったから、少し黙ってくれ。……あと、やっぱ出かけてくれ。ほら、店を見回るとかさ。色々あるだろ」

リュシアンは呆然としているクラリッサに気づくと、慌てて態度を改めた。

声のトーンを和らげ、青年を穏便に追い払おうとし始める。

「やだね」

リュシアンの懇願をアレックスはすげなく却下し、体をクラリッサに向けた。

アレックスは好奇心を隠そうともせず、まじまじと彼女を見つめてきた。

不躾な視線に、クラリッサはじっと耐えた。今の彼女はただの町娘にしか見えないだろうし、ここで身分を明かすつもりもなかったからだ。

「ふぅん。なかなかの美人さんだね。さ、お入り、お嬢さん。話し合いには俺が立ち会ってあげるよ。泣き寝入りさせられそうになったら、ちゃんと助けてあげるからね」

アレックスはそう言うと、クラリッサの肩に手を回してきた。

馴れ馴れしい接触に、全身がぴしりと固まる。

「気安くクラリッサに触るな！」

クラリッサが抗議するより先に、リュシアンが青年を怒鳴りつけた。

「……クラリッサ？」

アレックスは大きく目を見開いた。

しまったと言わんばかりに顔を顰めたリュシアンと、目を丸くしているクラリッサを見比べ、やがて納得したかのように両手を挙げる。

アレックスは大きく一歩下がり、クラリッサから距離を取った。

「失礼。今のはなかったことにして下さい、お嬢様」

いきなり丁寧な態度に変わったアレックスに、渋面のリュシアンが声を掛ける。

「……彼女と話がある。俺が呼ぶまで誰も三階に近づけさせるな」

「はい、社長。了解しました」

アレックスはクラリッサに「お騒がせしてしまい、大変申し訳ありませんでした」と丁寧に詫び、一礼して事務所の中に戻って行った。

何が何だか分からないクラリッサは、ただお辞儀を返すことしか出来なかった。


二人きりになると、リュシアンはクラリッサをじっと見おろし、小さく溜息を吐いた。

「親父さんのこと、残念だったな。立ち話も何だから、中で話をしよう」

「はい。……突然来てしまって申し訳ありませんでした」

「いや、いい。次からは知らせを寄こしてくれたらありがたいけどな。いつでも事務所にいるわけじゃないし、君に無駄足を踏ませるのは嫌だ」

リュシアンはそう言うと、扉を押さえて中に入るよう、クラリッサを促した。

入ってすぐの窓口にいた受付係は、珍しいものでも見つけたような表情で、リュシアンとクラリッサを交互に見つめる。

リュシアンはむすっと唇を引き結び、クラリッサの手を引いて歩き始めた。

二階へと続く大階段ではなく、非常扉をくぐった先の裏階段へと連れて行かれる。

彼はクラリッサに教わったマナーを守り、彼女より先に狭い階段を登り始めた。

「こんな狭苦しいとこ通らせてごめん。あっちの階段使うと、うちのやつらが絶対じろじろ見て来るからさ」

リュシアンの言い訳に、クラリッサはほの暗い笑みを浮かべた。

「いいえ、予約なしに来てしまった私がいけないんです」

周りから彼女を隠すようなリュシアンの態度には少なからず傷ついていたが、気取られないよう平静を装う。

「俺だって好きな時に訪ねていってるんだし、ほんとにそれはいいんだって。でもそれ、変装のつもりだろ？　あんまり人に見られたくないんじゃないのか」

「喪中ですし、確かに知り合いに見つかりたくないとは思いましたが、初対面の方に見られる分には構いませんわ」

クラリッサが淡々と答えると、リュシアンは乱暴な手つきで髪をかきあげた。

「……分かったよ！　ほんとは、あいつらにでれでれした顔見られんのが、恥ずかしいの！　そんだけ」

クラリッサは驚き、階段を登る足を止めた。

すぐに気づいたリュシアンが、心配そうな顔で振り返って来る。

「悪い、歩くの早かった？　……もしかして、足が痛いとか？　どこから歩いてきたんだよ。まさか家からじゃないよな？」

先ほどのアレックスと同じく、立て続けに質問して来る。彼らの間では普通のことなのかもしれない。クラリッサは微笑（ほほえ）ましい気持ちになりながらも、気になった部分を追及した。

「リュシアン様は、私が来ると照れてしまわれるんですの？」

とてもそうは見えないが、先ほどの発言が真実だとするならそういうことになる。

「そこ、拾うのかよ……」

階段の手すりに寄りかかり、リュシアンは唸（うな）った。

そしてそのままがっくりと項垂（うなだ）れる。

「っていうか、本気で気づいてなかったのか。……どこまで箱入りなんだ」

リュシアンの零（こぼ）す文句に、クラリッサは申し訳ない気持ちになった。心当たりはないが、どうやら自分は察しが悪いと思われているらしい。

「世間知らずだという自覚はありますが、そこまで鈍感ではありません」

「は？　いやいや、すごく鈍感だから自覚して」

リュシアンは顔を上げ、間髪入れずに返してきた。

「あのさ。俺がしょっちゅう顔を見に行ったりしていたの、何だと思っていたの？　まさか、本気で友情だと思ってた？」

　リュシアンの問いかけに、クラリッサはぐっと眉根を寄せた。

　友情も少しは含まれていると自惚れていた。

　では本当に、侯爵家の肩書目当てだけだと？

　胸の奥がぎりぎりと締めつけられる。押し黙った彼女を見て、リュシアンはぼそりと言った。

「……好きな女がわざわざ訪ねてきてくれたんだ、そりゃ顔だって緩むだろ」

　クラリッサは、自分の耳を疑った。

　聞き間違いでなければ、今リュシアンはクラリッサを評して「好きな女」と言ったような——。

　あまりにストレートな物言いに、どうしていいか分からなくなる。

　耳まで真っ赤になった彼女を見て、リュシアンは瞳を甘く煌めかせた。

「そうか、まるっきり脈なしってわけじゃないのか」

　嬉々とした表情でからかって来る彼に、クラリッサは慌てて顎を反らしてみせた。

　どこまで本当か分からない告白を、危うく本気で受け取るところだった。

「軽々しく使っていい言葉ではないと思いますわ」

「軽々しく使ってない。俺は、誰彼かまわず口説いたりしない」

　リュシアンはクラリッサに向き直り、階段上から手を伸ばした。

　腰を屈め、彼女の熱い頬に優しく手を当てて来る。

「ほっぺまっかで可愛い。やっぱこっちの階段使って良かったな。皆がいる場所じゃ、絶対そんな顔してくれなかっただろ？」

「……っ」

クラリッサの頭の中が真っ白になる。

異性から好きだと言われることも初めてなら、こんな風に口説かれるのも初めてだ。嬉しくないわけではないが、刺激が強過ぎる。

リュシアンは再び固まったクラリッサの頬から手を下ろし、今度は手を握ってきた。

仕事中だった彼は、手袋をしていない。町娘に扮しているクラリッサもだ。触れあった指先からサラリとした素肌の感触が伝わって来る。

彼女はリュシアンに気づかれないよう、注意深く息を吸っては吐いた。のぼせ過ぎて失神でもしたら、目もあてられない。

「大丈夫か？　もう少しだから、頑張れ」

「手を引いて貰わなくても、一人で登れますわ」

何とか普段通りの冷静な態度で主張し、手を引っ込めようとする。

「いいから、来いよ。ぐだぐだ言ってると、抱き上げるぞ」

リュシアンは眉をあげ、冗談めかした口調で言い返してきた。

彼ならば本当にやりかねない。

クラリッサは慌てて彼の手を握り直し、足早に階段を登った。

事務所の三階は、全く仕事場らしくなかった。

聞けば、リュシアンが個人的に使っている私室だという。

本来ならば幾つかの部屋に分ける大きなフロアを一つの部屋にするよう設計士に頼み、必要な柱以外は全てとっぱらったそうだ。

「どうぞ入って。殺風景だけど、開放的な感じが気に入ってるんだ」

リュシアンはクラリッサを中へ通すと、部屋の扉をしっかり閉じた。

「内々の話をする場合、俺達は立ち聞きされないようしっかりドアを締める。今日はレッスンじゃないから、貴族流じゃなくていいよな？」

「構いませんわ」

クラリッサがここにいることは、誰も知らない。上流階級の人々に口さがなく噂されることがないのなら、どちらでも良かった。

もっと若く美しい令嬢ならば、貞操の危険を考えなくてはいけないのかもしれないが、自分に限ってその心配はないだろう。

クラリッサは改めて部屋を見渡した。

壁で仕切られていない代わりに、円柱があちこちに並んでいる。まるで神殿のような作りだ。

壁際には仮眠用らしきベッドが置いてあった。背の高い本棚がずらりと並び、縦長の窓にカーテンはかかっていない。部屋の奥には、大きな書き机と座り心地の良さそうな椅子があった。

「せめて応接セットくらいは置いた方がいいってアレックスに言われたからそうしたんだけど、あって良かったって今思ってる」

「ふふ。ずっと立ち話する羽目になりましたものね。その方の助言に感謝しなければ」

クラリッサは微笑みながら、リュシアンを見上げた。

「そういえば、紹介して頂いていませんわ」

又聞きした名前を口にすることは出来ない。

それとなく説明を促すと、リュシアンはしまった、と顔を顰めた。

「すっかり忘れてた。ごめん、彼はアレックス・リッジウェイ。俺の幼馴染で、会社の立ち上げを手伝ってくれた恩人だよ。今は副社長をして貰ってる」

恩人という割には、かなり雑な扱いだったような……。だが、それほど気安い仲だということかもしれない。

クラリッサは頷き、ソファーを勧められるのを待った。

リュシアンは何故か嬉しそうにクラリッサを眺めていたが、彼女が動こうとしないので、ようやく自分が次に何をするべきか気づいたらしい。

「そこ、座ってて。えーと、後はお茶か。淹れて来る」

「ありがとうございます」

クラリッサは優雅な所作でソファーに腰を下ろし、手提げ袋を膝上に置いた。

戸口へ向かったリュシアンが足を止め、彼女を振り返る。

「俺がいない隙に、気を変えて帰ったりしないよな？」

「まだ何もお話ししていないのに、帰ったりしませんわ」

「悪い話じゃないことを心から願うよ」

リュシアンはそう言い残し、今度こそ部屋を出て行った。

一人になったクラリッサは、気持ちを整理する時間が出来たことに胸を撫で下ろした。

リュシアンの言動は、彼女が予想していたものと違い過ぎた。もっと事務的にことは運ぶと思っていたのに、彼は浮かれているようにさえ見える。

『好きな女』という言葉が、ふと脳裡に蘇り、再び頬が熱くなった。

彼が嘘をついているとは思わないが、本気で言っているとも思えない。

もしリュシアンが本当にクラリッサを好きになったのであれば、何か印象的なきっかけがあるはずだ。だが彼を魅了するような出来事などあっただろうか。

扇でつつかれるのが好きだとか、そういう変わった嗜好の持ち主ならば別だが——。

クラリッサは、自分の真っ平らな胸を見下ろしてみた。

痩せぎすで陰気な顔立ちの貧しい没落令嬢と、甘く整った容姿を持つ資産家の貿易商。

贔屓目に見ても、釣り合いが取れない。

今日のリュシアンは、その引き締まった体躯をより魅力的に引き立てる格好をしていた。

ジャケットの前ボタンは開けてあるため、ぴったりと身体にそったベストが嫌でも目に入る。脇にかけて絞られたベストに浮かぶ微かな皺さえ、リュシアンにかかれば女性を蕩かす武器になった。

彼女がリュシアンに提供出来るものがあるとするなら、それこそ招待状くらいのものだろう。

悲観的な事実を一つ一つ数え上げてもなお、頬の熱は引いてくれなかった。

愚かにも、たったあれだけの言葉で舞い上がってしまっている。

まだ冷静になり切れないうちに、部屋の扉が開いた。

「良かった、ちゃんといた！」

息を切らせて、リュシアンが扉から入って来る。

クラリッサは立ち上がり、彼が近づいて来るのを待った。

「座っていいよ。今日はレッスンじゃないって言っただろ？」

「どんな場合でも、私は私の知っているやり方で礼を尽くします。それにリュシアン様。たとえ自分の部屋であっても、客人を通している場合、ノックなしで部屋に飛び込んでくるのはどうでしょう」

「……だめ、だな」

「冷めないうちにと配慮して下さったのは嬉しいです。ですがそんなに慌てて運んでは、茶器の中でお茶が泡立ってしまいますわ」

「ごめん」

入室してきた時の勢いはどこへやら、しゅんと眉尻を下げたリュシアンを見て、クラリッサは思わず笑ってしまった。

笑った拍子に、何故か涙がぷつりと浮かび、眦を転がり落ちていく。

誰より驚いたのは、クラリッサだった。

慌てて手提げ袋をさぐり、ハンカチを取り出す。その間も涙はとめどなく溢れた。

「どうして……わたし、泣くつもりなんて——」

父の死は、彼女が思っている以上にクラリッサを痛めつけていた。

弱り切った父は、いつ儚くなってもおかしくない状態だった。別れは覚悟していたものの、実際に空っぽになった父の寝台からシーツを剥ぎ取った時は、息が止まりそうなほど胸が痛んだ。

昨日までは確かにそこにいたのに、シーツは軽く引っ張るだけでふわりと外れた。

くわえて、オルティス家は名実共にクラリッサの責任下に置かれることになったのだ。あくまで『代理』だった今までとは比べものにならない重圧が襲って来る。

それら全ての苦痛に耐える為、彼女は心を凍らせ、分厚い鎧を纏ったのだ。

だがリュシアンと接しているうちに、クラリッサの心は緩んでしまった。

今までどんな辛い目にあっても泣かずに乗り切ってきたというのに、どうしても涙を止めることが出来ない。

「取り乱してしまって、ごめんなさい……。お願い、見ないで」

クラリッサは目元にハンカチを押し当て、涙声で懇願した。

リュシアンが近づいて来る気配がする。

彼女は必死に涙を止めようと深呼吸を繰り返した。

「前も言っただろう。君は充分過ぎるほどよくやってるって。お父上が亡くなったばかりで、心が限界なんだ。無理に泣き止もうとするな」

リュシアンは静かに話しかけて来る。

「抱き締めてもいい？　俺に慰めさせて、クラリッサ」

クラリッサは激しく首を振り、彼の申し出を拒んだ。

「同情はいりません。すぐに落ち着きます。少しの間、一人にして下さい」

「確かに同情してる。だけどそれは、君だからだ」

リュシアンはそう言うと、更に一歩踏み出し、咽び泣くクラリッサの顔を覗き込んだ。

「友人としてでいいからって言ってやりたいけど、君には時間がない。そうだろう？」

その言葉に、クラリッサは今日ここに来た理由を思い出した。

そうだ、自分には時間がない。どれほど心が休息を求めて悲鳴を上げていようと、決断を下し、行動に移さなくてはならないのだ。

顔を上げ、リュシアンの真摯な眼差しを受け止める。

彼は右手を持ち上げ、クラリッサの頬に触れようとしたが、思い直したように拳を握って脇に戻した。

最後に会った時、彼女はリュシアンの振る舞いを非難した。それを彼も覚えていて、クラリッサの許可を待とうとしているのだ。

そんなリュシアンの律義さが愛おしい。

クラリッサはついに己の想いに気づいてしまった。

「この国で独身の女侯爵は認められない。君は誰かと結婚するか、爵位を返上するしかない。無一文になった元貴族が女三人で生きていくのは、君の想像以上に難しいと思う。俺は自分の惚れた女にそんな苦労はさせたくない」

惚れた女、という言葉を、クラリッサは今度こそ正面から受け止めた。

彼の気持ちを信じたい。家柄ではなく彼女自身を求めているのだと、自惚れてもいいだろうか。

「……そこまでご存じでしたのね」

「これでも結構有能なんだぜ？」

リュシアンがわざとおどけてみせる。クラリッサは泣きながら笑ってしまった。

「今のオルティス家に大した力はありません。リュシアン様の後ろ盾には到底なれないことも、ご存じですか？」

彼女の確認に、リュシアンはもちろん、と頷いた。

「当然知ってるさ。最初に言ったろ？　俺が欲しいのは招待状だって。パーティに乗り込んで行ってからのことは、君が心配することじゃない」

クラリッサは新聞から仕入れた情報を思い出した。

マイルズ商会はすでに貿易で大成功を収めている。

絹や宝石、茶葉などを安く買い占め、高く卸す。加工した商品を小売する店もいくつか持っていて、そちらの売上も上々だという。

更にリュシアンは若手の芸術家に目をつけ、彼らに宝飾品や食器のデザインを任せた。パトロンを兼ねて彼らを囲い込み、マイルズ商会の売り物に独自性を持たせたのだ。

リュシアンの目論見は当たり、商品の売上は激増した。記事によると、すでに大型百貨店の建設も始まっているという。

鉄道建設には莫大な費用がかかる。公爵とはいえ、資金は無限ではない。賢い男ならば、リュシアンと提携する利点を見逃さないはずだ。相手が平民だからと敬遠するような視野の狭い男なら、リュシアンの方から見切りをつけるだろう。

どうやら彼女が気を揉む必要はなさそうだ。

「……あーあ。涙が止まってる」

睫を伏せて思案しているクラリッサを見て、リュシアンはちぇっと唇を尖らせた。

「抱き締めて、思う存分泣かせてあげたかったのに。君のことだから、どうせ葬儀でも泣かなかったんだろ。ホランド公爵あたりに嫌味を言われても、毅然と振る舞っていたんじゃないか？　そんな君が俺の前では泣いた。俺でいいってことだよ」

リュシアンのでたらめな推量はあながち間違っていない。

強引に導き出した結論には思わず噴き出してしまったが、それも間違ってはいなかった。

「流石にここで笑うのは酷くないか？」

「ごめんなさい。でも、リュシアン様の言い方がおかしくて」

クラリッサはようやくハンカチをおろした。

瞳を僅かに細めてリュシアンを見つめれば、彼も食い入るようにクラリッサを見つめ返して来る。

彼の瞳は渇望に満ちていた。

「……もういいだろ？　早く許可を出して」

リュシアンは両手を広げ、クラリッサを急かして来る。

飛び込んで来いというように広げられた腕と、自信たっぷりなリュシアンの顔を見て、クラリッサは決意を固めた。

落ちぶれた侯爵家の入婿という何とも頼りない立場に置かれると知ってなお、リュシアンはクラリッサを望んでくれている。これ以上を望めば、罰が当たってしまう。

彼の腕に飛び込む前に、クラリッサは最後の確認をした。

「……私達の子供はオルティス家を継ぐことは出来ませんわ。それでも?」

「ああ、その話も知ってる。貴族の継承順位ってややこしいよな。まあ、俺達には関係ないけど」

リュシアンは何でもないように答える。

関係ない、とはどういう意味なのだろう。クラリッサはざらりとした違和感を覚えた。

だがすぐに、気にし過ぎだと思い直す。

これ以上彼を待たせるのは申し訳ないという気持ちもあった。

「では、あの――私、リュシアン様のお申し出を受けたいと思います」

「ほんとに!?」

自信満々だった癖に、クラリッサが告げるとリュシアンは驚いたように目を見開いた。

「それって、俺と結婚してくれるってことだよな？　後からは取り消せないからな」

「取り消したりいたしませんわ。オルティス家は沈没寸前の泥船です。リュシアン様こそ、今ならまだ引き返せますわよ」

しつこいほど念を押され、クラリッサは思わず言い返してしまう。

軽々しく決めたつもりはないし、簡単に翻意したりもしない。

「泥船かどうかは俺が決める」

リュシアンは不敵に言い放つと、大きく足を踏み出した。精悍な表情に見惚れている隙に、彼はクラリッサの腰を掴み、軽々と抱き上げてしまった。

ふわりと体が浮いたことに驚き、慌ててリュシアンの首にしがみつく。

「リュシアン様っ」

「なに」

リュシアンはクラリッサを抱き締め、くすくす笑う。

「俺は君の婚約者だ。もう許可はいらないよな？　本気で嫌がってるなら下ろすけど、そうは見えないし？」

図星を指され、クラリッサは真っ赤になった。確かに嫌ではない。ただ恥ずかしいだけだ。

「せ、正式な婚約はまだ交わしてませんし、婚約者であっても、本人の――」

しどろもどろな口調で抗議しかけたクラリッサを腕に抱いたまま、リュシアンはソファーに腰を下ろした。

必然、彼の膝の上に横抱きされる体勢になる。

「黙って。今日は俺が教える番」

すぐには声が出せないほど動揺したクラリッサに、リュシアンが微笑みかける。

「両想いになった二人は、満足出来るまでいちゃついていいんだ。分かった？」

「いちゃ……何ですの？」

初めて耳にする言葉だ。クラリッサが問い返すと、リュシアンは彼女の耳元に唇を近づけてきた。色気をたっぷり含んだ艶やかな声が、クラリッサの耳朶を掠める。

「言葉責めをご所望？　案外大胆だな」

これからリュシアンが何をするつもりなのか、クラリッサには分からない。だが、何かいかがわしいことに違いない。心臓が早鐘を打ち過ぎて、口から飛び出てきそうだ。彼女は動転し、ぎゅっと目をつぶって叫んだ。

「わ、私は喪中ですっ！」

「あ、そうだった……ごめん。つい嬉しくて」

リュシアンは流石に反省したのか、クラリッサの首付近から顔を離してくれた。彼の獰猛さを帯びた熱っぽい眼差しが、労わりを含んだ優しいものに変わる。

クラリッサはほっと息をついた。

だが、腰に回った腕はそのままだ。

「離しては下さいませんの？」

「それはだめ。これ以上何もしないから、もうちょっとこうしてて。……親父さんが亡くなったこと、知らせてくれなかっただろ？　あれ、結構ショックだった」

クラリッサの頭上から拗ねた声が降って来る。

予想外の恨み節に、彼女は目を丸くした。

「リュシアン様の御負担になってはいけないと思ったの。意地悪で教えなかったわけじゃないわ」

無意識のうちに敬語が取れる。家族と話す時と同じ調子になったクラリッサの頭を、リュシアンは優しく撫でた。

「ほんと馬鹿だな、負担になんてなるわけないのに」

生まれて初めて人から馬鹿だと言われた。それなのに、何故か憤りは湧いてこない。逆に甘やかされているような気分になり、クラリッサは内心首を傾げた。

「馬鹿は俺もだけどな。自分で様子を見に行けばいいのに、アレックスを行かそうとしてたんだから」

「そうなの？　じゃあ、入口で揉めていたのは――」

「ああ。早くオルティス家に行って、君の様子を見て来いって急かしてた」

入口での二人のやり取りを思い出し、クラリッサは思わず笑ってしまった。

「まあ……ふふっ。仕方のない方ね」

リュシアンは彼女のつむじに唇を押し当て、更にぎゅっと抱き締める腕に力を込めた。

「その言い方、すごくぐっとくる。君が俺を見る時の、目を細める癖もすごく好き。知っててやってる？」

「まさか！　からかわないで」

火照った頬が恥ずかしく、クラリッサは彼の胸板に突っ伏した。

リュシアンは、顔を隠した彼女を無理に起こそうとはせず、宥めるように背中を撫でて来る。

「――君のご両親はどんな人達だった？　話したくないなら無理にとは言わないけど、話すことで気持ちが整理出来ることもあるから」

穏やかな声に目を閉じ、クラリッサは全身の力を抜いた。

絶対的な安堵に包まれる。この人は自分を故意に傷つけたりしないと、何故か信じることが出来た。

「母は優しい人だったわ。私達のこともとても可愛がってくれた。父は……困った人だった。気位ばかり高くて」

リュシアンは彼女の言葉にじっと聞き入っている。

自分の想いを家族以外に話すのは初めてだが、彼が言った通り、話しているうちに心の靄が晴れていくような気がした。

「回復の見込みがない以上、一日でも長く生きて欲しいとは思ってなかったの。苦しまないで欲しいとは思ったけれど……。薄情な娘よね」

ゆっくりと吐き出した声は、割り切れない悲しみを含んだものになった。

「薄情なんかじゃない。寝たきりの病人の介護は負担が大きいもんな。誰だってそう思うよ」

リュシアンはすかさずクラリッサを擁護してくれる。

彼女はリュシアンの胸元に頭を預け、くぐもった声を洩らした。

「……それでも今、寂しくてたまらないの」

「分かるよ」

リュシアンは彼女の背中をとん、とんと優しく叩きながら、クラリッサの懺悔に相槌をうった。

「リュシアン様にも、覚えが？」

「あるよ。……家族ってさ、すごく厄介だよな。好きか嫌いか、必要かそうでないか。他のことならはっきり仕分けることが出来るのに、そんな風には割り切れない」

彼の言葉にはずっしりとした重みがあった。

リュシアンの両親は早くに亡くなったと聞いている。そのご両親に対し、彼は今でも複雑な思いを抱いているようだ。父の教えを守ってきたのだと、あんなに得意そうに話していたのに。実はあまり好きではなかったのだろうか。

クラリッサは次第に遠のく意識の中で、リュシアンの言葉を意外に思った。

静かになったクラリッサの体がくったりと重みを増し、曲げられていた膝が力なく伸ばされる。

リュシアンは細心の注意を払いながら、彼女の髪を払いのけた。

涙の痕が残ったあどけない横顔があらわれる。

長らく張り詰めていた神経が緩み、どっと疲れが出たのだろう。クラリッサはすっかり寝入ってしまっていた。

リュシアンは慎重に身体をずらし、彼女を膝から下ろしてソファーに横たえた。

彼女の脇に跪いたままジャケットを脱ぎ、上からかけてやる。

しばらく寝顔を眺めた後、リュシアンはようやく立ち上がった。

なかなか帰ってこない長姉を、二人の妹は心配しているかもしれない。

言付を書いて使いに持たせようと机へ足を向けた時、控えめなノック音が聞こえてきた。

三階に来るのを許しているのは、アレックスだけだ。

リュシアンは足音を立てないよう注意しながら、素早く部屋を横切り、扉を少しだけ開けた。

僅かな隙間から外に出ると、後ろ手に扉をしっかり閉める。

「うわっ。びっくりした～。急に出て来るなよ」

案の定、やって来たのはアレックスだった。

「大声を出すな。……ちょうど良かった、今からオルティス家へ行ってきて。俺がサインした名刺、まだ持ってるだろ。あれシルヴィアに見せたら、話を聞いてくれると思うから」

「いいけど……なんて言うの？」

「クラリッサの帰りが遅くなるけど、心配するなって」

「ふうん……なんで遅くなるの？」

アレックスの訝しげな表情が次第にニヤけたものへと変わっていくのを見て、リュシアンは不機嫌になった。

「ちょうど眠ったとこだから、起こしたくない」

「うわっ！　お前、なんて鬼畜な！　喪服にムラムラするのは分からんでもないけど、ないわ。流石にないわー」

「お前のその腐った思考回路の方がありえねーんだよ！」

物心がつくかつかない頃からの遊び仲間だったアレックス・リッジウェイは、リュシアンが心からの信頼を置く数少ない友人の一人だ。

マイルズ商会を興す際にも随分助けられたし、今だってそれは変わらない。

無茶ばかりするリュシアンに文句を言いながらも、アレックスは決して彼を見放さなかった。

今では副社長という肩書きまでついている彼の欠点は、たった一つ。

とにかく、私生活での言動が軽いのだ。

仕事の時は礼儀正しく振る舞えるのだから、直す気はないのだろう。

「冗談だよ、冗談。その様子だと、例の作戦は上手くいったの？」

「ああ」

「了解。んじゃ、手筈通り、債権整理に入る準備しとくね。お嬢様のとこにじゃんじゃん書類がいくと思うから、一応最終確認はしてもらってサインさせて。代々のご当主さんが随分ゆるかったみたいでさ。騙し取られてる領地もあるんだよね。そういう舐めた輩にはちょーっと痛い目見てもらうけど、いいよね？」

「構わない。思い知らせてやれ」

「はいはーい。じゃあ、いつもの感じで整理するから。オルティス侯爵家とうちの名前に傷はつけないよう、ぎりぎりの線はちゃんと見極めるから安心して」

「仕事でお前を疑ったことは一度もないだろ」

呆（あき）れた口調で言い放ったリュシアンに、アレックスは顔を顰めてみせた。

「ずるいよなー、お前のそういうとこ。普段はくそむかつく俺様野郎なのに、いっちょ頑張ろうかなって気にさせるのが上手いんだから、嫌になるわ」

「褒めるかけなすか、どっちかにしろ。つか早く行けって」

「はいはい。……あ、式の段取りはどうすんの？」

「なるべく早く挙げる。お前が欲しいのは、当主代理じゃなくて侯爵本人のサインなんだろ？」

「そういうこと。んじゃ、行って来るねー。夕食もついでに買って持っていっとくわ」

「……ないと思うが、口説くなよ」

「妹ちゃん達、二十歳と十五歳でしょ。若過ぎるんだよね。ほら、俺、年上専門だし」

アレックスはふざけた調子で答え、手をひらひらと振りながら階段を下りていく。

リュシアンは溜息をつきながら踵（きびす）を返した。

⚜ ⚜ ⚜

クラリッサは目覚めてしばらく、ぼんやりと見慣れぬ天井を見上げた。

ここはどこだろう。

そろそろと手を動かそうとすると、胸の上に上着がかけられていることに気づく。

ふわりと鼻腔をくすぐる香水の残り香で、それがリュシアンのものだと分かった。

果物を連想させる爽やかな香りは、例の香水店で共に選んだものだ。

リュシアンの顔を思い浮かべた途端、自分がどこにいるのか思い出す。

クラリッサは、ソファーに肘をつき、ゆっくりと上半身を起こした。

視線を彷徨わせた先に、すらりとした背中を見つける。

クラリッサは、白いシャツの上のベストに目を留めた。

正確には、広い背中から続く引き締まった腰を浮き彫りにする背面の調節ベルトに。

色気がある立ち姿という褒め言葉は、男性にも当てはまるものなのだと、クラリッサはこの時初めて知った。

リュシアンは書架の前に佇んでいた。

調べ物でもしているのか、眼鏡をかけている。

ページを繰る長い指先に、その真剣な横顔に、気づけばクラリッサは見とれてしまっていた。

本棚には沢山の書物が並べられている。

仕事の合間を縫っては、こうして読書をしているのだろうか。

彼の意外な一面を目の当たりにし、クラリッサは感心した。

普段の彼からはとても想像出来ないが、よく考えてみれば、リュシアン個人について知っていることはごく僅かだ。

クラリッサが知っていることと言えば、両親がすでに亡くなっていること。

十八歳の若さでマイルズ商会を興したこと。

独学で外国語を学んだこと。甘味は好まないこと。船酔いはしないこと。

すぐに思いついたのはそれくらいで、クラリッサは急に心もとなくなった。

これまでは彼に深入りするのを避ける為、敢えて聞かずにいたが、これからは違う。

生涯を共に過ごす伴侶のことだ。出来ればもっと色々知りたい。

クラリッサは彼のプロフィールに、『読書する際は眼鏡をかける（しかもとてもよく似合っている）』という項目を付け足した。

突然リュシアンがパタリと分厚い本を閉じ、笑みを含んだ声を上げる。

「そんなにジロジロ見られたら、穴が開きそう」

クラリッサが起きたことに、いつから気づいていたのだろう。

彼女は慌てて姿勢を正し、不躾な振る舞いを詫びた。

「ごめんなさい。声を掛けるべきだったわ」

リュシアンは人の悪い笑みを浮かべながら眼鏡を外し、クラリッサの方へ近づいて来た。

灰青色の瞳はいたずらっぽく煌めいている。

「謝ることないよ、ちょっとからかっただけだ。それに俺に見とれてくれてたんだろ？　違う？」

「ち――」

違うわ、と反射的に答えそうになり、彼女は慌てて口を閉じた。

すぐに意地を張ってしまうのは、自分の悪い癖だ。

クラリッサは、誰かに弱みを見せたり、甘えたりすることが非常に苦手だった。不慣れだと言ってもいい。だが今のままでは、リュシアンに愛想を尽かされてしまうかもしれない。それは困る。

とっさにそこまで考え、クラリッサは彼を見つめ返しながら再び口を開いた。

「ええ。眼鏡をかけているところも、上着を脱いでいるところも、初めて見たわ」

胸がドキドキした、とまでは流石に言えなかった。

二人の間に何ともいえない沈黙が落ちる。

羞恥に耐えかねたクラリッサが視線を外して俯(うつむ)くと、リュシアンは大きな溜息を吐いた。

「ああ、くそ。……そういう不意打ち、ほんと勘弁して」

困ったように前髪をかきあげ、小声で呟(つぶや)く。

何か悪いことを言ってしまったのだろうか。

不安になったクラリッサに向かって、リュシアンは右手を差し出してきた。

「言っとくけど、怒ったわけじゃないから。……とりあえず、送ってく。シルヴィア達が心配してるだろうし、そろそろ帰らないと」

当然のように申し出てくれた彼に、クラリッサはホッとした。

馬車がないことを惨(みじ)めに思う必要も、施しを警戒する必要も、もうない。

クラリッサには、誰憚(だれはばか)ることなく頼れる相手が出来たのだ。

「ありがとうございます、リュシアン様」

クラリッサは素直に立ち上がり彼の手を取った。

リュシアンは何故か動揺し、片手で顔を覆った。そのままそっぽを向き、片足でタンタンと絨毯を踏む。一体どうしたのだろう。

クラリッサは怪訝に思いながらもリュシアンの奇行を見守った。

数秒後。彼は立ち直り、手を下ろした。

「よし……行こうか」

何事もなかったかのような顔で促され、クラリッサは内心首を捻った。


「家には使いを出しといたから。君の帰りが少し遅くなるって」

馬車に乗ってすぐ、リュシアンが説明する。クラリッサは感謝の籠った眼差しで彼を見つめた。

「ありがとう。リュシアン様のところへ行くとは言っておいたけど、まさか眠ってしまったなんて思わないでしょうし、何も知らせがなかったらきっと心配したわ」

「そうだと思った。なかなか気が利くだろ？」

「ふふっ。もう売り込む必要はないのではなくて？」

得意げなリュシアンに言い返すと、彼は何とも魅力的な笑みを浮かべた。

「俺を選んで良かったって思って貰わないと。売った後だって、アピールは大事なんだ」

「なるほど。勉強になったわ」

クラリッサも冗談めかして答える。

外はすっかり暗くなっている。

ショールを持ってくれれば良かった、とクラリッサは腕を擦った。日中はちょうど良かったが、日が落ちた今は少し肌寒い。

「上着、返さなくて良かったのに。こっちに来て」

リュシアンは目敏く彼女の仕草に気づき、クラリッサの肩を抱き寄せてきた。

箱馬車で良かった。屋根なしの馬車であれば、どんなに寒くても彼の申し出を拒否しなくてはならなかった。婚姻の約束を交わしはしたものの、リュシアンはまだ他人だ。人目のある場所で正式な夫ではない殿方の腕に抱かれ平然としていられるのは、娼婦や酌婦の類だろう。

「……もしかして、リュシアン様の常識では違うのかしら。恋人同士であれば、こんな風にぴったりくっついても許されるの？」

大人しく寄りかかり、彼の温もりを分けて貰う。リュシアンの胸は枕にするには硬過ぎたが、男らしさの象徴のように思えて胸がときめいた。

「え？　いや、どうだろ。恋人がいたことないから分かんないけど」

リュシアンは首を捻って答える。

「でもこれくらいは普通じゃないか？　アレックスは道端でもっと凄いことしてたよ」

もっと凄いこと――。クラリッサはその言葉だけで顔を赤らめた。初対面のクラリッサの肩を抱き寄せてきたことといい、アレックスは本物の遊び人なのかもしれない。

リュシアンに恋人がいなかったというのは本当だろうか。彼は女性に慣れているように見える。クラリッサを気遣って、そんな風に言ってくれたのかもしれない。

「この間なんてさ」

「具体的に教えて頂く必要はないわ」

クラリッサはピシャリとその先を遮った。リュシアンはくすくす笑い出し、逆に質問して来る。

「クラリッサの常識ではどうなんだよ。寒がってる彼女を温めるのはなし？」

「ええ。ダンスは別として、こんなに密着していいのは夫だけだと教わったわ」

「じゃあ、ありだろ」

「なしよ。まだ式を挙げていないもの」

クラリッサが指摘すると、リュシアンは面白そうに瞳を煌めかせた。

「でも、君はこうして俺の腕の中にいる。俺の振る舞いを許してる。それはどうして？」

「それは――」

クラリッサは答えようとして、ふと彼にからかわれていることに気が付いた。

まるでチェシャ猫のようにカーブした灰青色の瞳が、ニヤニヤと彼女を見つめている。

「レッスン中ではないからよ。レッスン以外ではあなたの流儀に合わせる約束だったでしょう？」

クラリッサは表向きの言い分を探し、口にした。

本当は、リュシアンにこうされるのが嫌ではないから。これ以上なく大切にされているようで気分が良いから。

そんな本音を言葉にする勇気はなかった。

クラリッサにとってリュシアンは初恋の相手だ。何もかもが初めてで、どう振る舞うのが正解なのか分からない。恋に慣れた女性を演じる器用さも、持ち合わせてはいなかった。

「なぁんだ。てっきり君も俺に惚れてくれたのかと思ったのに」

リュシアンは残念そうに零した。

本気で言っているのか、それとも愛想なのか。見分けられる能力があればいいのに。

自分に自信がないクラリッサは、彼の言葉を鵜呑(うの)みにするのが怖かった。


オルティス邸に到着すると、リュシアンはまたもや踏み台を待たず、ひらりと馬車から飛び降りた。

飛び降りた後で、しまったという顔をする。

彼が御者を呼ぶ前に、クラリッサは急いで言った。

「踏み台はいらないわ」

これまでの鬱屈が胸に迫る。祖父や父がこだわってきた大貴族の誇りとやらに、クラリッサは随分苦しめられてきた。

いい加減自由になっても良い頃だ。じきに彼女は、平民のリュシアンを婿に迎える。いずれは爵位も従兄弟(いとこ)へと譲るつもりだ。踏み台を使わないことくらい、どうということはない。

「いいよ、おいで」

リュシアンは満面の笑みを浮かべ、両手を広げた。

クラリッサも手を伸ばし、躊躇(ためら)いなく飛び降りる。

彼の頑丈な腕は、しっかりと彼女を抱き留めた。

「お姉様、おかえりなさい！」

馬車の到着する音を聞きつけたのか、シルヴィアとリリーが玄関先へ出て来る。

クラリッサは慌てて身を捩った。

ほんの少しの冒険で気は晴れている。リュシアンに甘えている場面を、妹達に見られるのは恥ずかしかった。

シルヴィアは見て見ぬ振りをしてくれたが、リリーは興奮した様子で口を開いた。

「今の見た？　シルヴィア姉様！　なんてロマンティックなんでしょう。お姉様はリュシアン様の求婚をお受けになったのね⁉」

「リリー」

すかさずシルヴィアが窘める。

「だって、そうでしょう？　あのお姉様が自分から殿方に抱き着くなん――むぐっ」

更に言い募ろうとするリリーの口を、シルヴィアが両手で塞ぐ。

帰宅早々の騒ぎに、クラリッサは思わず笑ってしまった。

「いいのよ、シルヴィア」

クラリッサが言うと、シルヴィアは渋々リリーを解放する。

ぷはっと息を吐き出したリリーは、むっとした顔でシルヴィアを睨んだ。

「ひどいわ、姉様！　私はただ、確認したかっただけなのに」

そう言うと、リリーは不安そうに眉を曇らせる。

「リュシアン様が、私達のお義兄様になって下さるのよね？　――違うの？」

何とも心細げな表情で、リリーはクラリッサとリュシアンを交互に見た。

リリーが頼もしい保護者の庇護を求めていることには、前々から気づいていた。

母親の代役はかろうじて務められても、父親代わりまでは無理だ。

隣に立つリュシアンを見上げると、ちょうど視線が合う。

彼は大丈夫だ、というように目配せし、リリーに向き直った。

「違わないよ。これからは俺が二人の後見人になる。安心していい」

力強く言い切ったリュシアンの横顔に、クラリッサはうっとりと見入った。

喜びとときめきが、胸いっぱいに広がる。妹達を邪険に扱うような人ではないと思っていたが、それでもこうして言葉にして貰えるのと貰えないのとでは、安心感が違う。

それに今の言い方はとても素敵だった。

シルヴィアとリリーも、クラリッサと同じ感想を抱いたようだ。

「そう言って頂けて、本当に嬉しいです……。クラリッサお姉様、リュシアン様。本当に、おめでとうございます」

「おめでとうございます！」

涙ぐみながら祝福するシルヴィアに続いて、リリーも元気いっぱいに祝福する。

妹達の喜ぶ姿を見て、クラリッサは正しい決断をしたのだと改めて安堵した。

リュシアンとなら、きっと幸せな家庭を築いていける。

クラリッサの前に新たに拓(ひら)けた未来は、光り輝いて見えた。

「ありがとう、二人とも」

両手を広げたクラリッサに、真っ先にリリーが飛びつき、ついでシルヴィアが駆け寄る。

「これでお父様も安心なさるわね。お母様も」

「ルノン達にも手紙を送って下さる？　最後までお姉様のことを心配していたから」

「ええ、そうね。リューブラントのおじ様に知らせないといけないし、もちろん皆にも手紙を送るわ」

手に手を取り合って慶事を喜ぶ三姉妹を、リュシアンがどこか侘(わび)しげな表情で見つめていたことに、クラリッサはその時気づくことが出来なかった。

第五章　見えない壁

喪中ということもあり、クラリッサとリュシアンの結婚式は内々で済ますことになった。

登録事務所へ赴き、登録官の前でお互いが宣誓し、書類を交わすだけという簡単なものだ。

先に申告書を提出しておく必要はあるが、他には何の準備もいらない。

式に着る白いドレスは、デビュー用のドレスをクラリッサ自身で手直しすることになった。

新品の豪華なドレスを用意するつもりだったらしく、リュシアンは不服そうだったが、王城へ届出を出す期限までもう半月もないのだから仕方ない。

結婚が決まってからというもの、リュシアンは毎日のようにオルティス家へ来ている。

その日の午前中も、「今日は昼から仕事に行けばいいから」と顔を出してくれた。

裏口から入って来たリュシアンの前に紅茶と焼きたてのマフィンを出し、隣に腰掛ける。

台所には、マフィンのほのかな甘い香りが漂っていた。

「ドレスの方はどう？　あと十日で式だけど、間に合いそう？」

さっそくマフィンに手を伸ばしながら、リュシアンが尋ねて来る。

「ええ。もう殆ど出来上がっているわ。シルヴィアとリリーがお祝いの刺繍をしたいと言ってくれたから、それを待ってるところよ」

「……シルヴィアはともかく、リリーに任せて大丈夫か？」

クラリッサは、疑り深い表情を浮かべたリュシアンの腕を軽く叩いた。

「もう。あの子も貴族の娘なのよ。簡単な図案くらいは縫い取れるわ。……多分」

「多分じゃ駄目だろ」

リュシアンは笑い出し、クラリッサも彼につられて笑った。

「だって、気持ちが嬉しいんですもの。せっかくなら、大切な家族に祝福される式を挙げたいわ。リュシアン様もそう思わない？」

リュシアンは瞳を瞬かせ、唐突に話題を変えた。

「そうだ、引っ越しのことなんだけどさ」

リュシアンは今住んでいる一軒家を引き払い、オルティス家に引っ越して来ることになっているが、具体的な段取りはまだ決めていなかった。

クラリッサは新しい話題に気を取られ、彼が同意も否定もしなかったことに気を留めることはなかった。

「軽く荷物を纏めてみたよ。トランク二つ分くらいにしかならなかった。事務所で寝泊まりすることが多かったからかなぁ、殆ど私物がなくてさ。家具は買い直そうと思ってる」

「そう。楽に済みそうで良かったわ。式の後はあなたもこちらへ帰って来るんですもの、先に荷物を運んでおいた方がいいわね」

「やっぱその方がいいよな。どの部屋を使えばいいか、教えて貰える？　仕事部屋があると助かる。

後は寝室かな」

リュシアンは美味しそうにマフィンを平らげた後、そう言った。

「それなら、今から見に行きましょうか」

クラリッサは立ち上がり、リュシアンと共に台所を出る。

彼の少し前を歩きながら、クラリッサは明るい声で説明した。

「部屋だけは沢山あるの。好きなところを使って貰って構わないわ。お父様のいた部屋が屋敷で一番立派なのだけど、そこは嫌よね？」

「その部屋はクラリッサが使ったら？　当主は君なんだから」

古びた壁紙や色褪せたカーテンには気づかぬ振りで、リュシアンは感心した声を上げた。

「それにしても、本当に広い屋敷だな。慣れるまでは迷いそうだ」

「ふふ。全部の部屋の扉に、張り紙でもしておく？　『空き部屋』って書かれた張り紙ばかりになると思うけど」

「それなら、俺達みんなの部屋にネームプレートを掲げた方が早いな」

「確かにそうね」

軽口を叩き合いながら、クラリッサは屋敷を一通り案内した。

リュシアンが選んだのは、一階の角部屋だった。そこを仕事部屋にするという。

「いいと思うわ。ここを仕事部屋にするのなら、寝室は続き部屋にしましょうか」

「あー……それなんだけど」

クラリッサが提案すると、リュシアンは珍しく口籠った。

「夫婦の寝室は、しばらくの間分けないか？」

「……それは、どういう意味？　――もしかして、これは白い結婚なの？」

意外な申し出に、クラリッサは面食らった。書類上では籍を入れても、実質的な夫婦にはならない結婚が存在することは知っている。だがまさか、自分達の結婚がそうだとは思ってもみなかった。

リュシアンは彼女に触れたがっていると思っていた。クラリッサの勘違いだったのだろうか。抱き締めたり、つむじにキスをしたり。あれは愛情表現ではなく、ただの戯れだったと？

悲しげに眉を寄せた彼女に向かって、リュシアンは慌てて手を振る。

「そんなわけない！」

リュシアンは叫び、直後、がしがしと髪の毛をかき回した。

「ほんとあのおっさんは……」

小声で何かをぼやき、彼は気を取り直すように溜息をついた。

「ごめん、やっぱ一緒がいい。寝室分けたら、寂しいもんな」

「私はどちらでも構わないわ」

クラリッサは精一杯の虚勢を張った。

彼の本意が分からない。寝室を分けようと言ったり、寂しいと言ったり。ただ、彼が何か隠し事をしていることだけは分かる。

そしてそれを、クラリッサに言うつもりはないということも。

頬を強張らせたクラリッサを、リュシアンは困ったように見つめていた。


式まで残り一週間となった日の午後、オルティス家の玄関がノックされた。

玄関ホールに置いてある瀟洒なテーブルを拭いていたクラリッサは、おや、と眉を上げた。

引っ越しは終わっているし、新しい家具も届いている。リュシアンならば裏口からやって来るはず。

一体誰だろう、と不思議に思いながらエプロンを外し、手櫛で髪を整えながら「どちら様でしょう」と声を掛ける。

「俺だよ、クラリッサ」

扉の向こうから聞こえてきたのは、リュシアンの声だった。

どういう風の吹き回しか、今日は玄関から訪ねて来る気になったらしい。

「どうぞ、お入りになって」

クラリッサは何気なく扉を開き、その場に立ち尽くした。

リュシアンの後ろには、大きな鞄を提げたかつての使用人達がずらりと並んでいる。

彼らの先頭にいるのは、執事のメリルだ。ルノンもいる。皆、頬を上気させ、瞳を潤ませながらクラリッサを見つめていた。

「……クビになったのではないわよね？」

クラリッサは今にも溢れそうな涙を堪え、わざとおどけてみせた。

リュシアンは得意げな笑みを浮かべ、恭しく彼らを紹介した。

「クラリッサ嬢、今日は、是非オルティス家で働きたいと願う者達を連れて来ました。お眼鏡にかなうようでしたら、彼らを再び屋敷に招き入れては頂けませんでしょうか。もちろん、リューブラント伯爵の了承は取ってあります」

リュシアンの言葉にクラリッサがなんと答えるか、使用人達は固唾を呑んで見守っている。

クラリッサは何度も頷いた。

「もちろんだわ！　みんな、お帰りなさい」

彼女は涙声で答え、両開きの玄関を大きく開け放つ。使用人達は一斉に歓声を上げた。

彼らは順番にクラリッサに挨拶をしては、深く一礼して中へと入って行く。

執事のメリルが、最後に彼女の前に来た。

クラリッサが生まれる前から屋敷にいて、貧しいオルティス家を忠実に支え続けてくれたメリルは、もう六十を超えている。

目尻の皺を深くし、彼はにっこり笑った。

「ただいま戻りました、お嬢様。今度こそ、どうか最期までお仕えさせて下さいませ」

「ええ。……本当にごめんなさい。戻って来てくれてありがとう」

クラリッサは心から詫びた。父の葬儀に立ちあわせてあげられなかったことを、本当に申し訳なく思ったのだ。メリルは首を振り、溌剌とした足取りで屋敷の中に入って行った。

使用人の帰還に気づいたのだろう、奥からリリーの驚く声が聞こえて来る。

一気に賑やかになった我が家を背に、クラリッサは一人残ったリュシアンを見上げた。

リュシアンは心底嬉しそうだった。

「どう、びっくりした？　サプライズ成功かな？」

胸が痛いほど苦しくなる。

彼への想いは募るばかりだ。いつの間にこれほど好きになってしまったのだろう。

「ええ。……あなたはまるで魔法使いだわ」

クラリッサの眦を、透明な雫が零れていく。

彼女は手の甲で涙を拭い、懸命に微笑もうと口角をあげた。

「ど、どれほど感謝しているか、言葉では言い表せられないくらいよ、リュシアン様。本当に――」

ありがとう、と言い終える前に、クラリッサはリュシアンに引き寄せられた。

引き締まった硬い腕が、背中に回される。

リュシアンにきつく抱き締められ、クラリッサの涙腺は完全に崩壊した。

子供のように泣き出した彼女が落ち着くまで、リュシアンはずっとクラリッサを抱き締めていた。


使用人達が戻ってきたお蔭で、三姉妹の生活は飛躍的に改善された。

リリーの喜びようは特に大きく、常にルノンにくっついて回っている。

シルヴィアは苦手な洗濯から解放され、三人はようやくまともな寝間着で眠れるようになった。

使用人達を解雇する前と今では、大きく違うことがある。

もう金銭面での心配はせずに済むということ。

食卓は更に豊かになり、必要なものは全てあっという間に揃うようになった。

マイルズ商会に扱っていない品物はないのだろうか、と執事のメリルが感心するような口調で話しているのを耳にし、クラリッサは何とも複雑な気分になった。

婚約者が誇らしくもあり、彼に何も返せていないことが申し訳なくもなる。

何から何までリュシアンに頼ってしまっている。

彼との結婚で幸せになるのは自分達だけなのではないだろうか。そんな疑惑を覚え、クラリッサは不安になった。

クラリッサの不安を煽る要素は、実は他にもある。

沢山いるはずの債権者が、何故か姿を見せないのだ。

父が亡くなれば、すぐにでも返済を迫って押しかけて来るだろうと予測していたのに、一体どうしたことだろう。

リュシアンの結婚申し込みを受けてからというもの、オルティス家の財政管理は全て彼に委ねてあるので、詳しいことが分からない。

もちろんクラリッサは直接リュシアンに尋ねてみた。

ところが彼は、「俺に任せろ。君は心配するな」の一点張りだった。

彼のその言い方で、クラリッサはリュシアンが何かしらの手を打ったことに気がついた。

「オルティス家の問題なのだから、次期当主である私が把握しておくべき事案だわ」

彼女は食い下がったが、リュシアンは譲らなかった。

「もちろん最終確認とサインは、君にして貰うさ。だけどその書類を揃えるまでの段取りは、俺とアレックスの仕事だ。君のじゃない」

ぴしゃりと断じられてしまえば、その通りだと頷くより他ない。

それ以上クラリッサが言い募れば、夫となる彼を軽んじることになる。

しかも実際に金を払うのはリュシアンなのだ。

彼女は、みるみるうちに買い戻されていく領地の名前を、登録簿に記すことしか出来なかった。

中には驚くほど安い値段で買ったものもある。あちこちにあった借金も、あっという間に返されてしまった。束になった返済証明書を金庫にしまい、溜息をつく。

説明するのが面倒なのか、隠しておきたいことでもあるのか。リュシアンは仕事の話をしたがらなかった。仕事だけではなく、彼個人の話自体、殆ど口にしない。

クラリッサはリュシアンのプロフィールに、『秘密主義者』という項目を付け加えた。


そして迎えた式当日。

花婿の付き添い人がたった一人なのを見て、クラリッサはとうとう聞かずにはいられなくなった。

控え室で二人きりになった機会を逃さず、リュシアンを問い詰める。

「アレックス・リッジウェイ様と仰ったわね。参列者は、彼だけなの？」

そのアレックスさえまだ正式に紹介して貰っていないので、つい嫌味な言い回しになってしまう。

クラリッサの眉間の皺に気づき、リュシアンは怪訝そうに目を細めた。

「そんなぞろぞろ連れて来ることないだろ？　君だって、妹二人とリューブラント伯夫妻だけだ」

「身内はあの子達だけだし、おじ様以外に親しくさせて頂いている方はいないもの。ホランド公爵家からは欠席の手紙を頂いているわ。社交界にはデビューした年しか出ていないの。同性の友人をつくる暇はなかったわ」

「……俺もそうだ」

一瞬、リュシアンの視線が気まずげに逸らされたのを、クラリッサは見逃さなかった。

「では、リュシアン様は天涯孤独の身でいらっしゃるのね？　ご家族は誰もいらっしゃらないのね？」

念を押すと彼はそっけなく頷き、怒ったような顔で彼女の腕を取った。

ぐい、と自分の方へ引き寄せ、クラリッサの顔を覗き込む。

「さっきから一体何なんだよ。この期に及んで、結婚やめたいとか言い出すんじゃないだろうな」

「まさか！」

「じゃあ、なんでそんなどうでもいいことに拘るんだ。君には関係ないだろ！」

「そんな……」

クラリッサの瞳が痛みに歪んだ。

リュシアンのことをもっと知りたいと願う気持ちが、本人によって無残に踏みにじられた瞬間だった。頬をぶたれたような衝撃を受ける。

クラリッサの表情の変化を目の当たりにし、リュシアンも顔を歪めた。

気詰まりな沈黙が、二人を隔てる。

「お待たせしました。どうぞ、中へお入り下さい」

受付係が現れ、式の開始を告げる。

不穏な言い合いは一時中断されることになった。

式の間中、リュシアンは自分の迂闊（うかつ）さに苛立（いらだ）っていた。

あんな言い方をするつもりはなかった。

だが、最も聞かれたくないことに触れられ、ついカッとなってしまったのだ。

クラリッサは平然を装っているが、さぞ傷ついていることだろう。

それでも、二人の妹を心から愛している彼女に、複雑な家庭の事情を打ち明けることはリュシアンには出来なかった。

クラリッサには到底理解出来ない話だろう。彼が実の弟を憎んでいるだなんて。

――リュシアンには、双子の弟がいる。

幼い時分から、弟のジェラルドとは反りが合わなかった。

特に何という訳もない。ただ言動が気に障るのだ。それは向こうも同じだったようで、二人はしょっちゅう小競（こぜ）り合（あ）いを繰り返していた。

そのくせ離れることも出来ず、リュシアンとジェラルドはいつも一緒だった。

初めて仄かな好意を抱いた少女は、それに気づいたジェラルドに横取りされてしまったし、その報復としてリュシアンは猛烈に勉強し、良い成績を収めて両親の関心を独占してやった。

そんな双子を、幼馴染であるアレックスはいつも呆れたように眺め、中立を守っていた。

どちらに肩入れしても面倒なことになるからだ。

赤の他人にジェラルドが貶められれば腹が立つのだが、ジェラルドに生意気な口を利かれれば殴りつけたくなる。相反する気持ちに、リュシアンは苛まれていた。

それでもあの事故までは、二人の均衡は保たれていた。成長したことで、お互いあまり関わらないようにすることを覚えたのだ。

だが、同族嫌悪という表現がぴったりの兄弟は、両親が出先の事故で亡くなった時、決定的に拗れてしまった。

実際的な処理を優先しようとするリュシアンを、ジェラルドは真っ赤な顔で詰った。

「よくそんな風にしらっとしていられるな！　お前は悲しくないのかよ!?　この人でなしが！」

悲しくないわけがない。

リュシアンの心も張り裂けそうに痛んでいる。

だが、ぼんやりしていれば、両親が残してくれた財産は、あっという間に名前も知らない親戚に食い荒らされてしまうのだ。

動かなければならないからやっているだけなのに、一番自分に近いはずの弟は、共に闘うどころか、侮蔑に満ちた目を向けてきた。

弟のその目を見た瞬間、リュシアンの中に残っていたジェラルドへの愛情は霧散した。

守りきった財産をきっちり半分に分け、リュシアンはジェラルドと決別した。

「二度と顔を見せるな」と札束を投げつけ怒鳴ったリュシアンを、弟も決して許しはしないだろう。

両親と弟をいっぺんに失ったリュシアンは、その鬱憤と悲しみを新たな仕事にぶつけた。

睡眠も食事もろくに取らずに働くリュシアンを見ていられなかったのか、アレックスはジェラルドではなく彼を選び、支えてくれた。

そのアレックスにさえ立ち会って貰えれば、リュシアンは充分だった。

「リュシアン・マイルズはクラリッサ・オルティスを妻とすることに異論はありませんか」

「ありません」

きっぱり答えて、横目で伴侶となる人を盗み見る。

「クラリッサ・オルティスは、リュシアン・マイルズを夫とすることに異論はありませんか」

登録官の問いかけに、クラリッサは一瞬、躊躇したように見えた。

リュシアンの胸に過去の苦痛が蘇る。

祈るような気持ちで、リュシアンはクラリッサの返答を待った。

彼女が小さな声で「ありません」と答えた時には、安堵で膝が崩れそうになった。

「では、こちらの書類にサインを」

当事者二人と立会人が結婚証明書にサインし、登録官事務所に記録を残せば、婚姻は正式なものとなる。

リュシアンの署名に続いて、クラリッサが流麗な文字で名前を記した。

それから、立会人であるアレックスとシルヴィアが登録官の示す欄に名前を書き入れる。

完成した証明書を取り上げ、不備がないか確認した後、登録官は頷いた。

「以上をもって、二人を夫婦と認めます」

参列者の間から拍手が湧き起こる。

クラリッサは終始にこやかに振る舞っていたが、決してリュシアンの方を見ようとはしなかった。

本当のことを言えないまま、彼はクラリッサを妻にした。

これで本当に良かったのだろうか。

不安と後悔の念に苛まれ、リュシアンは短く息を吐いた。

式の夜。
クラリッサは新品の白いネグリジェを纏(まと)って、天蓋(てんがい)付きベッドの端に腰を下ろした。
リュシアンが購入した二人用のベッドは広く、立派だった。寝具も真新しく、シーツは糊(のり)でパリッとしている。
新妻の心構えは、リューブラント伯爵夫人から授けられた。早くに母を亡くしたクラリッサを慮(おもんぱか)

り、式の後にこっそり耳打ちしてくれたのだ。

伯爵夫人は、随分はっきりとした言い回しで初夜に起こることを話した。

彼女いわく、夫人の母親がぼかしにぼかした説明をした為、実際行為に及んだ時に非常に動転してしまったそうだ。

『私はきちんと知っておきたかったわ。だから率直に伝えるわね』

伯爵夫人はきびきびと言った。クラリッサが赤面する余地もないほど事務的に説明されたが、お蔭でクラリッサは覚悟を決めてリュシアンを待つことが出来た。

今着ているネグリジェも、夫人が贈ってくれたものだ。上質なシルク製でふんだんにレースが使われている。非常に可憐なデザインなのだが、上半身の布面積が少な過ぎた。肩は全て出ているし、背中も半分は出てしまった。軽く下に引っ張るだけでスルリと脱げてしまいそうだ。届いたネグリジェを見てクラリッサは真っ赤になったが、伯爵夫人が直々に選んでくれた品物に文句をつけるわけにもいかず、大人しくそれを着ることにした。

式の直前に口論になった件について、クラリッサは後悔していた。大切なのは、参列者ではなくリュシアン本人なのに。彼がクラリッサにしてくれた沢山のことを忘れてしまったかのように、問い質してしまった。夫婦になるとはいえ、リュシアンとの付き合いはとても短い。他者との関係は一朝一夕に出来上がるものではないだろう。いくら彼のことを知りたかったとはいえ、あんな風に無遠慮に距離を詰めるべきではなかったのだ。

リュシアンも言い過ぎたと反省したのか、式の後はいつも以上に優しく接してくれた。二人きりの親密な時間を持てば、あの言い合いでついた傷はすっかり消えるかもしれない。

クラリッサは期待と未知の経験に対する若干の不安を抱えつつ、夫を待った。

リュシアンは寝室に入って来るなり、クラリッサの格好を見て絶句した。

しばらく棒立ちになった後、ぜんまい人形のような動きでベッドに近づいて来る。

「……えーっと。じゃあ、寝ようか」

リュシアンは平板な声で宣言すると、クラリッサに向かって先にベッドに入るよう促した。

伯爵夫人に聞いた段取りとは大きく違う。

クラリッサは内心首を傾げながらも大人しく従い、リュシアンの次の行動を待った。

まずは、抱き締められるのだろうと予想する。

リュシアンはクラリッサが横たわるのを待って、隣に入ってきた。

そして軽く、彼女の額に唇をつける。だがそれは、ほんの一瞬だった。

「おやすみ、クラリッサ」

「……おやすみなさい、リュシアン様」

戸惑いながら答えたクラリッサをじっと見つめ、彼はおもむろに髪を撫でてくる。

「髪、こんなに長かったんだな」

働くことを知っている大きくて硬い手だ。ぎこちない手つきで髪を梳かれ、クラリッサはうっとり目を細めた。

「普段は結い上げてるから」

「うん。凛としてる昼間の君も好き。でも今のあどけない感じもすごくいい……。はぁ、くそ。ほんと恨むからな」

リュシアンは短く毒づくと、再び彼女の額に唇を押し当てた。

最初のキスより長いそれは突然終わり、彼はくるりと背中を向ける。

クラリッサはあっけに取られたまま、夫となった人の広い背中を見つめた。

結局そのままリュシアンは寝てしまい、伯爵夫人の授けてくれた心構えは無駄になった。

そして翌朝――。

どういうことなのかと悩んでしまい、なかなか寝つけなかったクラリッサは、すっきりしない目覚めを迎えた。眠い目をこすっている彼女の頭上から、優しい低声が降って来る。

「おはよう、奥さん」

蕩けるような甘い口調に、くらりときそうになった。

リュシアンはクラリッサより先に目が覚めたらしく、肘をついて頭を支え、彼女を見下ろしていた。

「おはよう……。もしかして、ずっと見ていたの？」

「うん。可愛いなって。ちゃんと目が覚めるか心配になるくらい、寝相がいいんだな。寝返りも全然打たないし、眠り姫みたいだった」

「そんなの知らなかったわ」

リュシアンの慈しみに溢れた言い方に、昨夜放置されたショックが薄れていく。

「確かに自分じゃ分かんないことかも。じゃあ、俺と君だけの秘密だな」

彼は嬉しそうに言うと、クラリッサの手を引いて起こしてくれた。

それから呼び鈴を鳴らし、メイドに目覚めのお茶を持って来させる。

クラリッサはガウンを羽織り、寝室の中央に置いてあるソファーへと移動した。

リュシアンと向かい合わせに座って、テーブルの上の温かいティーカップを持ち上げる。

こくり、と喉を潤すクラリッサを、リュシアンは愛(いと)しげな眼差(まなざ)しで包んだ。

愛情がないわけではない、と彼女は前向きに考えることにした。

昨日はリュシアンも疲れていたのかもしれない。

だが、初夜だけでなく、二日目も三日目も、リュシアンは額へのキス以上のことはしようとしなかった。四日目の夜、規則正しい寝息を立てる夫の背中を見て、クラリッサは期待するのを止(や)めた。

クラリッサが国王との拝謁(はいえつ)を済ませ、正式にオルティス侯爵位を継ぐが早いか、リュシアンは待ち構えていたようにオルティス邸の改修に取り掛かった。
新たに庭師が雇い入れられ、館のあちこちに修繕の手が入る。壁紙の張り替えや、カーテンの取り替えなど、入れ代わり立ち代わり多くの人が屋敷を訪れるようになった。
リュシアンは警備のことも考え、外部の人間が工事を行う際は、必ず古参の使用人を目付け役として立ち合わせることにした。

「クラリッサには心配し過ぎだって言われたけど、彼女達に何かあってからじゃ遅いから」

リュシアンの説明に、メリルは真面目な顔で同意した。

「旦那様の懸念はもっともです。よからぬ輩が混じっていないとも限りません。旦那様がお仕事に出掛けておられる間は特に、お館様やお嬢様の身辺に目を光らせておきます」

「ありがとう……。って、もしかして旦那様って、俺のこと？」

「リュシアン様はお館様の伴侶となられたわけですから、旦那様とお呼びするのが当然かと」

真新しいお仕着せを着たメリルが、平然と答える。

リュシアンは、使用人達のくたびれた制服も全て新調した。上質な白シャツや、仕立ての良い上着。履き心地の良い革靴を、彼らは大層気に入っているようだ。

リュシアンは照れくさそうにしながら、クラリッサを見遣る。

「そっか。なんかむずむずするけど、慣れるしかないかな」

「私なんて『お館様』よ？『旦那様』呼びくらい我慢してくれないと」

冗談めかしたクラリッサの返答に、居合わせた使用人達はドッと笑った。

みるみるうちに本来の美しさを取り戻していく屋敷の様子に、シルヴィアとリリーは瞳を輝かせている。

「お義兄様は私達の英雄よ」というのがリリーの口癖だ。

末妹いわく、「王子様と言ってあげたいけれど、嘘はつけない」結果らしい。

貧しさとは無縁の生活を送るようになっても、リリーの食べられる野草探しは続いていた。

新しく来た庭師の後をついて回っては、植物の知識を増やそうとしている末妹の奮闘ぶりを見て、リュシアンは声を立てて笑った。

眩（まぶ）しいその笑顔を、自分が引き出せたら良かったのに。

クラリッサはリリーを羨（うらや）まずにいられなかった。

結婚式以来、彼との間に見えない壁があるような気がして仕方ない。

一番の悩みは、彼がクラリッサに手を出さないこと。

何故自分を抱かないのか、と直接尋ねることは出来なかった。クラリッサにとって、それはあまりにも屈辱的な質問だった。

思い返してみれば、式の前にも多くの予兆があった。

夫婦の寝室を分けようと提案してきたこと。債務の返済を独断で進めたこと。

リュシアンは、妻を信用していないのだろうか。

クラリッサは湧き起こる疑惑を押さえ込み、幸せいっぱいの新妻を演じた。

幸せを感じていないわけではないので、それは容易（たやす）いことだった。

シルヴィアは、ふっくらと健康的な美しさを取り戻しつつある姉を、感嘆の眼差しで見つめながら言った。

「お義兄様が薔薇園（ばらえん）をご注文なさった時にね、仰ってたの。お姉様の為なら何でも出来るって。私達に優しくして下さるのも、お姉様を喜ばせたいからだわ。私もリリーも、今まで苦労した分、お姉様にはうんと幸せになって欲しいと思ってる」

「……ありがとう、シルヴィ。本当にありがたい話だわ」

満足そうなシルヴィアの言葉に、クラリッサも相槌を打った。

リュシアンは妹の言う通り、クラリッサを大切にしてくれている。

それは分かっているのだ。

好きだと言ってくれる彼の気持ちに、きっと嘘はない。

嘘ではないと信じているからこそ、リュシアンとの間に張られている壁が気になって仕方がなかった。

リュシアンが何か悩みを抱えているのなら、彼がしてくれたように、クラリッサも助けになりたい。

最愛の夫が弱音を吐く相手はいつだって自分であって欲しいと願うのは、それほど贅沢な望みなのだろうか。


屋敷の修繕が始まるのと同時に、三姉妹は採寸と生地選びに時間を取られることになった。

リュシアンが彼女達の衣装も一新したからだ。

初めて彼と会った時のことを思い出す。リュシアンは『贅沢が出来るとは思うなよ？　余分な金は、一メルデだって渡さない』と釘を刺してきたはずだ。

だがクラリッサがその時の話を持ち出し、こんなに色々買って貰わなくてもと訴えると、リュシアンは決まって不機嫌になった。

その日も、二人きりで朝食後のお茶を楽しんでいるところへ、新たなドレスが届けられた。

まだ開けてもいない箱が衣装部屋には山積みになっている。

クラリッサはやんわりと、リュシアンの浪費を窘めた。

「いくらなんでも、無駄遣いじゃないかしら」

「……俺には買ってもらいたくないってこと？」

「いいえ！　でもドレスも宝石も、すでに沢山買って貰っているわ」

「喪が明けたら、君は俺と一緒に社交界へ乗り込んでいくんだ。装いの選択肢は多い方がいいだろ」

「それはそうだけど……でも」

クラリッサは上手く自分の気持ちを伝えることが出来ず、唇を噛んだ。

嬉しくないわけではもちろんない。

去年までの彼女ならば、夢のような生活の変化にただただ舞い上がったことだろう。

「して貰ってばかりで、気が引けるの」

クラリッサはぽつりと本音を零した。途端、リュシアンが傷ついたように唇を歪める。

「して貰ってばかりって……。まだそんなこと言うのか。純粋に君に喜んで欲しいだけなのに、どうして天秤にかけようとするわけ？　俺に借りを作りたくないって？」

皮肉げな返答に、クラリッサは慌てて首を振った。

そういう意味で言ったわけではない。

二人の始まりは、確かに契約からだった。クラリッサはマナーを教え、その対価としてリュシアンは食べ物を提供した。

だが今は夫婦だ。二人の間に損得は発生しない。

「……悪い、言い過ぎた」

リュシアンは深々と息を吐き、どさりと居間のソファーに腰を下ろした。

「いいえ、私の言い方が悪かったわ。せっかくのプレゼントを素直に受け取れなくて、ごめんなさい。こういうところが駄目なのよね。可愛くない自覚はあるんだけど、すぐには変えられなくて……」

「――君にそんなことを言わせる俺が最低だ」

額を押さえて俯(うつむ)くリュシアンの顔色は優れない。

急激な生活の変化に疲れているのは、彼の方だ。

クラリッサ側の負担は殆どない。

それなのに彼女は、夫を労(いた)わるどころか疲れさせてしまっている。

二人の間に漂う不穏な空気を何とか消し去ろうと、クラリッサは声を明るくした。

「この話はもう止めましょう？　次のお休みに、どこかへ気晴らしに出かけるのはどうかしら？　公園へ散歩に行ってもいいし……」

話しているうちに名案を思いつく。

「そうだ。リュシアン様のご生家はどちらにあるの？　一度、見てみたいわ」

リュシアンの子供時代を想像し、彼女は思わず微笑んだ。

きっとやんちゃで可愛らしい子供だったに違いない。

どんな風に遊んでいたのだろう。屋敷の敷地内で一人遊びに興じていた自分とは違い、外へ飛び出し、面白そうな冒険を繰り広げていたのだろうか。

彼の他愛もない思い出話が聞きたくなった。

「――そんなの、もうないよ。とっくに売り払った」

リュシアンは彼女の方を見ないまま、そっけなく吐き捨てた。

思わぬ反応に、あっけに取られる。呆然（ぼうぜん）としながらも彼の言葉を心の中で反芻（はんすう）し、クラリッサは痺（しび）れるような悲しみを覚えた。

今の答えは、これ以上プライベートに立ち入るなという明確な拒絶だ。

リュシアンは上着の胸元から懐中時計を取り出し時間を確認すると、再び立ち上がった。

「今日はちょっと遅くなりそう。先に寝てて」

クラリッサは衝撃を押し隠し、ぎこちなく微笑んだ。

「大丈夫よ。ちゃんと待ってる」

「君に無理させてるんじゃないかと思うと、気になって集中出来ないんだよ」

リュシアンはクラリッサに近づくと、優しく頬にキスを落とした。

初めは嬉しいやら恥ずかしいやらでぎゅっと目をつぶっていたクラリッサも、彼の控えめな愛情表現にはすっかり慣れてしまっている。

それどころか、貪欲になっていた。足りないのだ、これではとても。

「じゃあ、行って来る」

「いってらっしゃいませ」

玄関先までついて行き、クラリッサは精一杯の笑顔で夫を見送った。

リュシアンは馬車の中でクラリッサの強張った笑顔を思い出し、低く毒づいた。

歯車がずれてしまったかのように、彼が何をしてもクラリッサは喜ばない。

物憂げな表情でぼんやりすることが増えたし、彼にも遠慮してばかりだ。

こんなはずではなかった。

自分の手をぴしゃりと扇でぶってきた強気なクラリッサは、どこへ行ってしまったのだろう。

どうすれば以前のように彼女を心から微笑ませることが出来るのか、リュシアンには分からなかった。

ドレスや宝飾品ではダメらしい。新しく作らせた薔薇園も空振りだった。

リリーは薔薇の花びらでジャムを作ってみたいと一人張り切っていたが、どうなっただろう。

しばらくは食卓のパンに注意しておかなければ。また腹を壊す羽目になってはたまらない。

リュシアンは手帳を取り出し、クラリッサを喜ばせる為に考えた案の一つに線を引いて消した。

散歩に行きたいと言っていたことを思い出し、新たに付け加える。

次の休みに二人で出掛けることを想像し、リュシアンの気分は少し上向いた。

彼女が彼の生家を見てみたいなどと言い出さなければ、あの場で返事が出来たのに。

事務所に入り、数件の商談をこなした後で、三階へあがる。

リュシアンが鉄道計画について調べさせた報告書に目を通していると、軽いノック音が聞こえた。

「アレックスか」

「そだよ。入っていい？」

「いいぞ」

アレックスは部屋に入って来るなり、紙袋を掲げて見せた。

「これ、屋台で買ってきたチキンサンド。昼飯食べてないみたいだって、受付の子が心配してたよ」

リュシアンは机にかけていた両脚をおろし、アレックスが投げて寄越した紙袋を受け止める。

「すっかり忘れてた。ありがと」

「忘れてたって……。何か悩み事？　鉄道のことなら、現時点で打てる手は全部打ってるよ。後はデュノア公爵に話を聞いて貰うだけ」

「……仕事のことじゃない」

「まさかと思うけど、クラリッサ嬢と上手く行ってないとか？」

アレックスが呆れたようにこちらを見て来る。

リュシアンは紙袋を開け、中からまだ温かいチキンサンドを取り出した。

「ついでに飲み物淹れてきて」

「なんのついでだよ。そのまま食えばいいじゃん」

「口がもさもさする」

「もさもさせとけよ、面倒だなぁ」

文句を言いながらもアレックスは一度下に降り、コーヒーを淹れてきた。

リュシアンは紅茶よりコーヒー派なのだが、クラリッサが紅茶を好む為、家では殆ど飲まない。

コーヒーの独特の香りと苦味に頬を緩めたリュシアンを見て、アレックスは嫌そうな顔になった。

「無理しないで、家でもコーヒー頼めばいいのに」

「別にいいだろ」

「どうせ、すっごい格好つけてんでしょ。そんで空回りしてんでしょ」

リュシアンの眉間の皺が深くなる。

アレックスは勝手にソファーに腰を下ろし、自分の分のコーヒーを飲み始めた。

こうなると彼は、話を聞き出すまで動かない。

リュシアンは渋々口を開いた。

「……クラリッサが全然笑ってくれない。贈り物は色々してみたけど、こんなにいらないって困らせた。結婚する前の方が、心を開いてくれてた気がする」

弱音を吐くのは死ぬほど嫌だが、背に腹は代えられない。

リュシアンが悩みを打ち明けると、アレックスはソファーに深く背中を預け、「んー」と空(くう)を睨(にら)んだ。

「あの手の長女タイプは、俺の経験上、物じゃ釣れないね。ドレスや宝石じゃ喜ばない。何か貰ったら、自分も返さなきゃ、って思うんだよ。甘え慣れてないから、対等じゃない関係を不安に思う傾向にある気がする」

「そうなのか？」

リュシアンは身を乗り出し、アレックスの言葉の続きを待った。

確かに当たっている気がする。

言われてみればクラリッサが生き生きとしていたのは、リュシアンに行儀作法を叩き込んでいる時だった。

『して貰ってばかりで』というあの言葉を、リュシアンは遠回しの拒絶だと捉えたが、そうではなかったのかもしれない。クラリッサは純粋に心苦しかったのかもしれない。

「たぶん、だよ。長女だからって皆に当てはまるわけじゃないだろうし」

「それでいいから」

切羽詰まった様子のリュシアンを見て、アレックスはやれやれと肩を竦めた。

「だから俺、言ったじゃん。選り好みしないで色んな女の子と付き合った方がいいよって。視野が広がるし、経験も積めるし、良いことだらけなのに。顔はいい方なんだから、独身の時にもっと遊べば良かったんだよ」

「うるさい。俺は誰彼構わずっていうのが嫌いなんだよ、ジェラルドじゃあるまいし」

リュシアンは無意識のうちに、双子の弟の名前を引き合いに出していた。

この十年というもの、彼が弟の名前を出したことは一度もない。死んだものとして扱うという宣言通り、ジェラルドはリュシアンの中からすっかり消えていた。

アレックスは意外そうに目を見開き、「ジェラルド、ね」と呟く。

幼馴染の反応で、リュシアンも自分の失態に気づいた。

「……今の、なし」

「なんで。別にいいじゃん。お前からまたあいつの名前聞けて、俺は嬉しいよ」

アレックスは空になったコーヒーカップをテーブルに戻し、しみじみとした口調で言った。

「クラリッサ嬢の影響かな。すごく仲がいいもんね、あの三姉妹。お前だって、羨ましいと思ってるんじゃないの？」

「そうだな」

リュシアンは素直に認めた。

自分が諦め、捨ててきたものを、クラリッサ達は大切に育んでいる。互いを想い合う三姉妹の姿に、リュシアンは微かな妬ましさと圧倒的な安らぎを得ていた。

「へえ、ほんとに惚れてんだね……。お前が会社の為に結婚するって言い出した時は、どうなることかと思ったけど。そういうの、ちょっと羨ましいかも」

「まあな。クラリッサに出会えて、俺は幸運だった」

「うわ、腹立つ。その自慢顔と惚気、腹立つ！　……まあ、いいや。このまま離婚にでもなったら、使い物にならなくなりそうだしな。助けてやるよ」

「ありがとうございます。で？」

棒読みで感謝を述べ、先を急かす。

「さっきも言ったけど、対等な関係ってとこがポイント。向こうを安心させる為に、こっちからも何か頼んでみるんだよ。些細(ささい)なことでいいから。そんで、『君がいてくれて良かった、助かった』って褒めてあげるの。すっげー喜ぶよ。可愛いくらい」

「……たったそれだけ？」

「うん。でも賭けてもいいけど、お前はやってないね」

自信たっぷりに言い切られる。

リュシアンは反論しようと口を開きかけ、彼の言う通りであることに気がついた。

ぐっと喉を詰まらせたリュシアンを見て、アレックスは肩を竦める。

「クラリッサ嬢は不安なんじゃない？　お前、あんまり自分の話しないから。それにまだ抱いてないんでしょ？　新婚なのに手出せないって拷問(ごうもん)じゃん。律義に待ってるのすごいわ」

「クラリッサは箱入りのお姫様だぞ？　母親だって早くに亡くしてるし、そういう知識を持ってるようには見えない。それに拷問でもなんでも、約束は約束だからな」

「まあ、あんな手紙託されちゃね。でもリューブラントのおっさんは、絶対面白がってるよ」

「だろうな」

リュシアンは苦々しい表情を浮かべた。毎夜、どんな思いでクラリッサに背中を向けているか。手を出していいなら、とっくにそうしている。

彼女が寝入ってしまうまで、リュシアンはいつもじっと待っていた。それはかなりの苦行だったが、振り返ってしまえば衝動に流されない自信はない。

息をひそめて彼女の気配を窺い、眠ったことを確認した後、寝返りを打つ。それから気が済むまであどけない寝顔を見つめ、髪を撫で、ようやく目を閉じるのだ。

クラリッサを名実共に自分の妻にする日が、待ち遠しくてならない。それまでに、何とか心の距離も詰めておきたかった。

「お前にも色々言い分はあると思うけど、おおごとにならないうちに全部打ち明けた方がいい。クラリッサ嬢に分かって貰えるまで、腹を割って話し合うしかないって。あ、あとジェラルドのことだけどさ。ちょっと前に手紙を貰って、それから何度かやり取りしてる。向こうは上手くやってるみたいだよ。写真送って貰ったんだ。十年で少しは変わったかと思ったけど、昔のまんまでびっくりだったよ。これね。見たくないなら、捨てて」

アレックスは弟についての新たな知らせを伝え、去って行った。ご丁寧にジェラルドの写真まで置いていく。リュシアンは無造作に写真を取り上げると、ろくに見ないまま二つに折って机の引き出しに突っ込んだ。

彼がジェラルドと連絡を取っていたことを、リュシアンはこの時初めて知った。

アレックスはリュシアンの心情を慮り、あえて情報を遮断していたのだろう。リュシアンが弟の名前を口にしたことで、そろそろ良いと判断したようだ。

ジェラルドが幸せでいる事実は、リュシアンの中をさらりと流れていった。弟が誰とどんな風に過ごしていようが、リュシアンには関係ない。

それより、クラリッサと上手く行っていないことの方が重大な問題だ。

リュシアンはアレックスに言われたことを一つずつ心の中で並べ直してみた。

その中で、すぐに実行出来そうなことから試してみようと決める。

弟との諍いを打ち明けるのは、最後にしよう。家族想いのクラリッサは、きっとリュシアンを咎めるだろう。彼女に非難される場面を想像しただけで、胸が苦しくなる。

クラリッサも早く自分を愛してくれたらいいのに。

彼女がリュシアンを受け入れたのは、家の為だ。自分を選ぶしかないよう、追い詰めた自覚もある。

だが、どうしてもリュシアンはクラリッサが欲しかった。

彼女がリュシアンを心から愛してくれたなら、と夢想する。

きっとクラリッサは「仕方のない人ね」と言って目を細めるだろう。

リュシアンが好きなあの表情で全てを許してくれたなら、どれほど幸せだろう。

彼は机の上に両肘をつき、祈るように手を組んだ。

第六章　衝撃

クラリッサが第十四代オルティス侯爵となってからひと月が経ち、父の喪が明けた。

三姉妹は黒いドレスを脱ぎ、リュシアンが拵えてくれた落ち着いた色合いのドレスを纏うことにした。

由緒だけは正しいオルティス家には再び、パーティや夜会などの招待状が舞い込んで来るようになっている。

メリルが運んで来たそれらの手紙を、クラリッサは念入りにチェックした。

今後は付き合いを控えるといった内容の手紙は混じっていない。リュシアンと結婚した影響はさほど出ていないようだ。伯父が言った通り、今は時代が違うのだろう。

社交界から弾き出されたとしても、クラリッサは痛くも痒くもない。

だが、リュシアンは違う。彼は招待状を得る為に、クラリッサに求婚したのだから。

これで彼との契約を果たすことが出来ると、クラリッサは胸を撫で下ろした。

届いた招待状の中には、デュノア公爵からのものもあった。まさしく、リュシアンが紹介されたがっている相手だ。

デュノア公爵は、領地でハウスパーティを催すらしい。

秋が始まったばかりのこの時期にデュノア公爵所有のカントリーハウスで行われるパーティは、それは見事なものだった。招待客は社交界でも有名な人ばかり。ひと月に渡って開催されるそのハウスパーティに、クラリッサもデビューの年に一度だけ行ったことがある。母はクラリッサの衣装を揃える為、実家に頭を下げに行った。

どういう気紛れか、ホランド公爵は母の懇願を聞き入れた。彼もまた同じパーティに呼ばれていた為、実の姪がみすぼらしい格好で参加するのを避けたかったのかもしれない。

伯父のお蔭で、クラリッサは母と共に煌びやかな日々を堪能することが出来た。

パーティではボート遊びや射的など、沢山の遊戯が準備されていた。食事も趣向を凝らしたすばらしいものばかりで、クラリッサは気後れを感じつつも楽しく過ごしたものだ。

喪が明けたばかりということもあり、全ての期間を滞在するのは外聞が良くない。それでも半月はデュノア侯爵のカントリーハウスにいることになるだろう。

リュシアンが公爵と顔を繋ぐ時間は充分あるように思えた。

その夜はリュシアンが早めに帰宅したので、久しぶりに家族全員が食堂に集まった。

使用人達が戻って来てからというもの、台所はメイド達の憩いの場に戻っている。

クラリッサは食堂のテーブルに着き、長テーブルの中央に置かれた瀟洒な花瓶を眺めた。

花瓶には香りの少ない種類の薔薇が色鮮やかに飾られているし、テーブルには糊のきいた真っ白なクロスがかけられている。

申し分のない食卓なのに、古びた台所のテーブルが何故か懐かしい。あの頃は手を伸ばせばすぐ妹に触れられたが、今は立ち上がって数歩歩かなければ無理だ。

「皆が遠いわ。皿数が多いし、お皿とお皿の間隔が広いからかしら」

リリーがぽつりと零す。末妹もクラリッサと同じ感覚を抱いていたらしく、白身魚のソテーを切り分けながら続けた。

「贅沢を言ってるって、分かってるの。美味しいものでお腹がいっぱいになるって、幸せなことよね。安らかな気持ちで眠れることに感謝しなきゃいけないって、ちゃんと分かってるんだけど……」

「またすぐに慣れるわよ。ずっとここで食事をしていたんですもの」

シルヴィアが優しくリリーを慰める。

リュシアンはフォークをテーブルに戻すと、片手をあげた。

「実は俺も思ってた。なんかこう、遠いよな。こんな何十人も座れるようなテーブルだからいけないんじゃないか。この食堂は客を呼んだ時の晩餐に使うことにしてさ、俺達だけの時はもっと狭いところで飯食うのはどう？」

「賛成！」

リリーが真っ先に明るい声を上げる。シルヴィアは意見を控えたが、表情を見れば彼らと同意見なことが分かった。

家族が皆同じ気持ちでいることが嬉しい。クラリッサは穏やかな幸福感を味わいながら、頷いた。

「そうね、メリルに相談してみるわ。二階だと給仕が大変でしょうし、一階の手頃な部屋を私達専用の食堂にしましょうか」

「そうこなくっちゃ」

リュシアンが嬉しそうに破顔する。

彼の無邪気な笑顔を見るのは久しぶりで、クラリッサは思わず見惚れてしまった。

リリーとシルヴィアがひそひそ声で囁き合う。

「今の二人の顔、見た？　お姉様って、本当にお義兄様には甘いわよね」

「お義兄様も負けていないから、似た者夫婦じゃないかしら」

クラリッサは慌てて表情を引き締め、目顔でリリーの軽口を窘めた。

長姉の視線に気づいたリリーが、むうと顔を顰める。

「ほら。無駄に広いせいで、内緒話さえ出来やしない」

大げさに嘆くリリーを見て、皆は一斉に噴き出した。


和気藹々とした夕食の余韻を味わいながら、クラリッサは就寝の支度をした。

自室の鏡台の前でメイドに髪を乾かして貰ってから、一階の主寝室へ降りる。

まだ暖炉に火を入れるほどではないが、夜になると少し冷えるようになってきた。

「まだ早いし、ちょっと話してから寝よっか」

リュシアンは台所で調達してきたらしいカップを盆に載せてやって来た。

外出時の隙のない装いも素敵だが、寝間着にガウンを羽織った無造作な姿にも胸がときめく。

クラリッサはどきどきしながら彼を見上げた。

「私の分も淹れてきて下さったのね。ありがとう」

「どういたしまして。熱いから気をつけて」

寝室のテーブルの上に、湯気の立ったホットミルクのカップが置かれる。

すぐに取り上げて両手に持てば、冷たくなった指先がじんわり暖まった。何度か息を吹きかけ、そうっと口をつける。ほんのり甘いそれは、とても美味しかった。

「ふふ。寝る前にミルクを飲むなんて、子供の時以来だわ」

微笑むクラリッサを、リュシアンはじっと見つめる。灰青色の瞳に切なげな色が浮かんだ。

まるで瞳に焼き付けておきたいといわんばかりの眼差しに、どう反応すれば良いか分からなくなる。

耐え切れず視線を手元のカップに落とした彼女に向かって、優しい声がかけられた。

「寝る前に飲むと骨が丈夫になるって、どっかで聞いたことあるよ。俺が早く帰れた日は、また一緒に飲もう」

「ええ、是非。リュシアン様も同じものを？」

彼はクラリッサの隣に腰掛け、ふふん、と得意げにカップを掲げてみせた。

「俺のはブランデー入り。大人仕様だよ」

「私も大人だわ。ブランデーは入っていないようだけど」

「食前酒くらいでほっぺ真っ赤にする癖に、よく言うよ」

くすくす笑い合いながら、温かなミルクをゆっくり味わう。

式以来、どこかぎこちなかった空気は消えている。

今なら色んなことを素直に話せる気がする。

クラリッサは手始めに、今日来たばかりの招待状の話をすることにした。

「――デュノア公爵から？」

「ええ。来月、領地でハウスパーティを催すそうなの。ご主人や妹さん達と一緒にどうかと仰って下さっていたわ」

リュシアンは彼女の話に目を丸くした。

「うわ、それは凄いな。夜会やお茶会だって、彼に招かれるのは難しいって聞いてた。カントリーハウスに招待されるのなんて、ごく僅かじゃないか？」

リュシアンの言う通り、公爵のハウスパーティに出席するのは伯爵以上の位持ちになるだろう。伯爵だったとしても、家系図が浅ければ招待客リストからは外される。

デュノア公爵は気位が高く、伝統を重んじることで有名だった。その彼が鉄道事業に着手するというのだから、働かない貴族などすぐに存在しなくなるに違いない。

「祖父の代までは、かなり親しくさせて頂いていたみたい。曾祖伯母は、当時のデュノア公爵の弟君に嫁いだそうだし、縁戚だった時代もあったから。その時の名残で、今でも招待状だけは下さるのだと思うわ」

「へえ……。なんにしても、助かったよ。顔さえ繋いで貰えたら、後は俺の仕事だ。商談が上手くいかなかったとしても、クラリッサが気にすることはないからな？」

リュシアンは喜びながらも、クラリッサの心情を慮ってくれた。彼の細やかな気遣いに、胸が温かくなる。

商談が上手くいきますように――。

彼女は心から祈った。リュシアンの目論見通りに事が運べば、結婚して初めて彼の役に立てることになる。

「初めて顔を合わせる貴族も多そうだな。君のレッスンを受けて復習しとかないと」

流石のリュシアンも気後れを感じるのか、僅かに眉を曇らせる。

「型破りな真似をして非難されても、これがマイルズ流だって笑い飛ばすものだと思っていたわ」

クラリッサが冗談めかして指摘すると、リュシアンはゆるく首を振った。

「一人の時はそれで良かった。でも今は違う。俺の失態は君の評判を下げることになる。かかなくていい恥を君にかかせるのは嫌だ」

「リュシアン様……」

クラリッサはますます彼が愛おしくなった。だが、それはリュシアンの取り越し苦労だ。陰で笑われることには慣れている。クラリッサを気遣う余り、彼が委縮してしまう方が嫌だった。

「どうか、堂々となさっていて。他者への敬意を示せばいいだけだもの。リュシアン様はそれが出来る方だわ。だから、大丈夫」

リュシアンは彼女を眩しげに見つめた。

「……そう言って貰えると心強いな。ハウスパーティがどんな感じなのか、全然想像つかなくて」

「私も一度行ったきりだから、詳しいことは分からないのだけど」

クラリッサは前置きし、数年前の記憶を懸命に引っ張り出した。

「特に決まりらしい決まりはなかったわ。初日の晩餐会は別として、全ての催し事に参加しなければならないわけではないの。夜会に備えてのんびりお昼寝してもいいし、ラウンジで談笑してもいいし。食事の時にエスコートして頂けたら、後はリュシアン様の好きに過ごして下さって構わないわ」

「そうか。じゃあ、好きなだけ一緒にいられるってことだ」

リュシアンの嬉しそうな声に、クラリッサはほんのり頬を染めた。

「それはどうかしら。新婚とはいえ、夫婦が四六時中べったりくっついていると笑われてしまうわ。主に、殿方の方が」

「俺は笑われてもいいよ。君と離れて過ごす方が嫌だ」

リュシアンはきっぱり言った。まっすぐな愛情表現に胸がきゅうと絞られる。

彼の愛情を感じる度に、クラリッサは何とも言えない気分になった。

それほど好きでいてくれるのなら、何故二人の間に壁を作るのだろう。

過去について話したがらないのは何故？

仕事の話を嫌がるのは？　唇へのキスを避けているのは、何故？

クラリッサは口を開きかけ、結婚式直前の諍いを思い出した。

――『君には関係ない』

二度と聞きたくない台詞だ。今の暖かな雰囲気を壊したくない。

もっと親しくなってからでも遅くはないはず。彼女は自分に言い訳し、パーティの話に戻った。

「では、出来るだけ同じ空間にいるようにしましょう。リュシアン様は、乗馬と射撃は？」

「どっちもそんなに得意じゃないな。馬には一応乗れるけど。なんで？」

「デュノア公爵は狩りがお好きなの。直接誘われでもしたら、断れないわ。仕留めるのは無理でも、それらしく見えるようにしておいた方がいいかもしれない。閣下の後頭部を撃ち抜きたいなら話は別だけど」

「今のところその予定はないかな。大切な取引相手として見てるよ」

クラリッサの軽口に、リュシアンがふふっと笑う。

屈託ない笑顔を引き出せたことに満足しながら、クラリッサは提案した。

「片手で馬を操る練習をしておくのはどうかしら。敷地の東に空き地があるでしょう？　あそこは昔、馬術の訓練場として使われていたのよ」

「そうだったんだ。柵だけ残ってるし、何かと思ってた。まだ時間はあるし、暇を見て練習しとくよ。まずは馬を用意しなきゃだな。リューブラント伯に頼んでみる」

リュシアンはそう言うと、クラリッサに改めて向き直った。

「本当に色々ありがとう。すごく助かった」

心からの感謝が伝わって来る真摯な眼差しに、胸が弾む。

クラリッサは嬉しくて堪らなくなった。

「……ほんとだ」

「え？」

「ううん、こっちの話。今日はやけに機嫌がいいな、と思って」

どうやらリュシアンもクラリッサと同じことを思っていたようだ。

「そうかしら？」

クラリッサが首を傾げると、それに合わせて長い髪がさらりと揺れる。

リュシアンは手を伸ばし、彼女の横髪を掬って耳にかけてくれた。親密な仕草にドキリとする。

「君が今みたいに笑ってくれると、ホッとする」

リュシアンはクラリッサを見つめたまま、唐突に話し始めた。

「仕事で神経すり減らして馬車に乗るだろ？　今までは、暗い家に帰るだけだった。夜なんてほんと真っ暗でさ」

リュシアンの方から自分の話をするのは、これが初めてではないだろうか。

クラリッサは瞳を輝かせながら、彼の話に聞き入った。

「通いの使用人が作っといてくれた飯も冷え切ってるわけ。それを一人でもそもそ食って、無言で風呂の支度してさ。時々すごく空しくなった。あれ、俺なにしてんだろって。だから事務所に泊まり込むことも多かった。仮眠用のベッド置いたのも、真っ暗な家に帰るのが嫌だったから。ベッドに寝転んで、明るくなってから着替えに戻ったりしてた」

「そうだったの……」

無表情のリュシアンが、ポツンと一人で食事をかき込んでいる姿が容易に浮かぶ。

クラリッサは強い同情と、それと同じ量の愛おしさを覚えた。

彼女もそれなりに苦労してきたが、妹達のお蔭で孤独を感じたことはなかった。どれだけお金があっても、それだけで幸せにはなれないのだとしみじみ思う。

「でも今はさ。帰りの馬車に乗る時にはもう、頬が緩むんだよ。どんなに遅くなっても、玄関の明かりは灯ってる。台所に寄れば、誰か起きてきてスープやパンを温めてくれる。風呂に入って寝室に行けば、君が眠ってる」

リュシアンはそこで言葉を切り、クラリッサの頬に手を当てた。

愛しげな表情に、胸を突かれる。

「安心しきった顔で、ぐっすり寝てる君をしばらく眺めてから、ベッドに入る。一日の疲れなんて吹っ飛ぶよ。明日もまた頑張ろうって思える」

あまりにも優しい口ぶりに、クラリッサは耐え切れなくなった。

彼の手に自分の手を重ね、頬を寄せる。

「私も同じだわ」

「……それ、どういう意味？」

リュシアンは不思議そうに問い返してきた。

「朝、目が覚めると隣にあなたがいるの。リュシアン様はいつでも私の手を握って眠っているのよ。起こさないようそっと指を抜いて、体を起こすの。すぐに着替えに行くのが何だかもったいなくて、しばらくあなたの寝顔を見てた。……私達、同じことをしてたのね」

クラリッサが微笑みながら話し終えるのと、リュシアンに抱き締められたのは同時だった。

頑丈な腕が背中に回され、広い胸の中にすっぽり囲われる。

リュシアンはクラリッサの肩口に顔をうずめ、掠れた声で呟いた。

「そんなの、まるで君も俺のことが好きみたいだ」

ようやくクラリッサは気がついた。

これまで彼女はただの一度も、リュシアンへの愛を口にしたことがない。

きつく抱き締められながら、クラリッサは愕然とした。

与えて欲しいと願うばかりで、肝心なことを伝えてこなかっただなんて――。

「リュシアン様をお慕いしています」

クラリッサからもぎゅっと抱き着き、心を込めて告白する。

リュシアンの息を呑む音がすぐ傍で聞こえた。

「あなたがいてくれるのなら、他には何もいらないわ」

リュシアンはようやく顔をあげた。

信じられないといわんばかりに目を見開き、恐る恐る彼女の瞳を覗き込んでくる。

「俺が一文無しになったら、そうは言ってられないだろ？」

リュシアンの口元は微かに震えていた。

ようやく弱みを見せて貰えた。クラリッサは、泣きそうになった。

彼の価値はお金を持っていることだけだとでも思っているのだろうか。

もちろん、お金は大切だ。貧困生活に苦しめられてきたクラリッサに、綺麗事は言えない。それでも健康であれば、働き口を見つけ日々のパンくらいは手に入れられるだろう。立派な屋敷に住めなくても、肌触りの良いドレスを纏えなくても構わない。

リュシアンと二人の妹が一緒なら、クラリッサは前を向いて生きていける。

「平気よ。私は爵位を返して、お針子の仕事をするわ。シルヴィアは食堂で働くでしょうし、リリーは……そうね。きっと食べられる野草を探してきてくれるわ」

「最後のは勘弁して」

間髪入れずにリュシアンが答える。

クラリッサが噴き出すと、リュシアンも声を立てて笑い出した。

二人は額をこつんと合わせ、幸福な笑いで満たされた。

その夜、クラリッサは覚悟を決めてベッドに入った。

今夜こそ結ばれるのかもしれないと期待したのだ。

ところがリュシアンはいつものように彼女の頬にキスし、手を握り、そのまま眠ってしまった。

普段と違うのは背中を向けないことだけ。

——もしかして子供が欲しくないのかしら。

手を出そうとしない理由が分からず、クラリッサはしばらく考え込んだが、答えが見つかるはずもない。

リュシアンはどんな女性が好みなのか、今度それとなく聞いてみよう。ふくよかな女性だと言われたら、食事の量をもっと増やさなくては。

　クラリッサはそんなことを考えながら、目を閉じた。


　ところが翌々日。

　クラリッサの抱いていた疑問は、最も残酷な形で解消された。


　貴族の義務の一つとして、慈善事業がある。

　オルティス家にも長年支援している孤児院があった。

　多額の負債を抱え、日々の暮らしにすら困っているというのに、父は援助を打ち切ることを許さなかった。応接室の絵も確か、孤児院への援助費を捻出する為に売り払ったのだ。

　それほどまでに貴族としての体面が大事なのか。当時のクラリッサは憤ったものだが、今になれば父の気持ちも分かる。

　仮にも侯爵を名乗るのならば、義務は果たさなければならない。

　クラリッサは半年に一度の視察に出掛けて行き、子供達と院長先生らの温かな歓迎を受けた。

　彼女の結婚の噂は孤児院にも届いていたようで、手作りのお祝いメッセージと小さな花束を差し出される。クラリッサは小さな頭を順番に撫で、院長に支援の継続を約束してから孤児院を後にした。

　帰り道、彼女はふと街の花屋に目を留めた。

　いつから父の墓へ参っていないだろう。

今日はもう他に予定がない。花を手向けに行く時間は充分にある。

「ここで待っていて。お花を買って来るわ」

クラリッサはオルティス家の紋章が入った馬車を停め、花屋の前で降りた。

「お館様。それなら私が」

「いいの、自分で選びたいから。すぐに戻るわ」

付き添いのメイドを宥め、軽やかな足取りで店へ入る。

父の好きだった白い薔薇を数本、リボンで束ねて貰うことにした。

代金を払って店を出たところで、クラリッサの足がぴたりと止まる。

彼女は、自分の目を疑った。


——リュシアンが、目の前の通りを、見知らぬ女性と共に歩いている。


デュノア公爵のハウスパーティに出席する為、ひと月の休暇を取ることになったリュシアンは、以前にも増して忙しくしていた。昨夜は家に戻って来なかったくらいだ。

マイルズ商会の事務所は、ここから随分離れたところにある。

何故、こんなところにいるの？

隣にいる女性は、一体誰？

クラリッサはふらふらと二人の後を追った。

リュシアンの方も、まさかこんなところにクラリッサがいるとは思っていないのだろう。

こちらに気づく素振りもなく、隣の女性にしきりに話しかけている。

外出用のマントを羽織ったその女性は、艶やかな黒髪で、すらりと背が高かった。

ちらりと見えたリュシアンの横顔は、甘く蕩けている。

クラリッサの心臓が、ぎりぎりと絞り上げられる。

彼らが曲がり角に差しかかったところで、クラリッサは更にガツンと頭を殴られたような衝撃を受けた。

それまで背中しか見えなかった女性のお腹が、一目で妊婦と分かるほど膨らんでいたのだ。

産み月が近いのではないだろうか。

息が上手く吸えなくなる。

クラリッサは最悪の想像を必死に打ち消した。

取引先の相手かもしれない。そうに決まっている。

立ち止まっている隙に、リュシアンは女性の髪を優しく撫でた。その後、膨らんだお腹に手を当て、微笑みながら何かを話した後、通りを横切って行ってしまう。

どちらを追うべきかクラリッサは一瞬迷ったが、リュシアンの姿はあっという間に見えなくなった。

仕方なく、妊婦の女性の後を追う。

つかず離れずの距離でついていくと、やがて大きなホテルの前に出た。

どうやら彼女はこのホテルに宿泊しているようだ。

彼女が建物の中へ消えてすぐ、クラリッサも入口に近づいた。

震える唇をハンカチで隠し、何でもないような表情を作って、ドアマンに話しかける。

「今、入って行かれたのは、ロレーヌ・スペンサーかしら。私の知人によく似ていたのだけど」

「いいえ、違いますよ。今の身重の方ですよね？」

まだ若いドアマンは親切に教えてくれた。

「あの方は、ジャネット・マイルズ様です」

「……ジャネット・マイルズ」

「ええ、ご主人はマイルズ商会の――」

「ごめんなさい。人違いだったみたい」

クラリッサはドアマンの説明を遮り、軽く頭を下げてその場を離れた。

足元だけを見つめ、懸命に前へと進む。


私は何をしているのだったかしら。

そうだ、家へ戻らなければ。

戻って、お父様のお墓に花を供えて、それから。

それから、リュシアンの帰りを待って。それから。それから。


クラリッサの脳裡に、過去の場面が鮮やかに蘇る。

『……私達の子供はオルティス家を継ぐことは出来ませんわ。それでも？』

『ああ、その話も知ってる。貴族の継承権ってややこしいよな。まあ、俺達には関係ないけど』

関係ないはずだ。

クラリッサを決して抱こうとしないはずだ。

リュシアンには、すでに妻子がいるのだから。

だが、どうやって結婚証明書を偽造したのだろう。

確かに登録官の前で、リュシアンは宣誓したのに。

『オルティス家の問題なのですから、次期当主である私が把握しておくべき事案ですわ』

『もちろん最終確認とサインは、君にして貰う。だけど、その書類を揃（そろ）えるまでの段取りは、俺とアレックスの仕事だ。君のじゃない』

そうだ。得意分野だと、彼は言っていたではないか。


クラリッサは感情を押し殺し、足を前へ、前へと押し出した。

彼がクラリッサに与えてくれたものが全てまやかしだったとは、どうしても思いたくない。

抱き締めてくれたことも、慰めてくれたことも、好きだと赤くなったことも。

あの全てが嘘だったとは思えない。

クラリッサに多くの贈り物をくれたのは、慰謝料のつもりだったのだろうか。

リュシアンを信じたい気持ちと、たった今自分の目で見た現実が、クラリッサを混乱の渦に叩き込む。

『ええ、ご主人はマイルズ商会の——』

『今みたいに君が笑ってくれると、ホッとする』

リュシアンの眩しげに細められた瞳と、抱き締められた時の甘い香りが鮮やかに蘇る。

あの夜とそっくりな表情を浮かべ、彼はジャネット・マイルズのお腹を撫でていた。

とうとうクラリッサの心は耐え切れず、ぐしゃりと潰れた。

後に残った空っぽの娘は、右、そして左、と機械的に足を動かし、待たせてある馬車を目指した。

第七章　後悔

その頃リュシアンは――。

デュノア公爵が催すハウスパーティをひと月後に控え、前倒しの仕事に忙殺されていた。

二階で商品見本の入れ替えを指示しているところに、窓ガラスをポツポツと叩く雨音が聞こえて来る。今日は朝からパッとしない天気だったが、とうとう降り出したようだ。

この季節の天気は変わりやすい。パーティの間は晴れると良いのだが。

リュシアンが窓へちらりと目を向け、先の予定を考えているところへ、アレックスが飛び込んで来た。副社長のいつになく慌てた様子に、従業員らも驚きの視線を向ける。

「リュシアン、ちょっと来て！」

他者の目がある場所でアレックスがリュシアンを呼び捨てにしたのは、これが初めてだった。

公私はきっちりと分けることが出来るアレックスの動転ぶりに、リュシアンは嫌な予感を覚えた。

船が嵐にあったのだろうか。損害を最低限に抑える為、出来るだけ荷物は小分けにして運ぶよう手配してあるが、それでも一隻沈めばかなりの打撃を受ける。

「さっき言った通りにやっといて。しばらく出てくる」

「はい、社長」

リュシアンは上着の裾を翻し、入口で待っているアレックスの方へ向かった。

「何があった？」

「いいから、こっち」

アレックスはリュシアンの腕を鷲掴みにすると、廊下を突き進み、部屋から離れた。

周りに人気がないことを確認してから、アレックスは真剣な表情でリュシアンを見た。

「今、オルティス家から連絡が来た。クラリッサ嬢の様子がおかしい、今すぐ帰宅して欲しいって」

アレックスの言葉に、リュシアンはぽかんと口を開けた。

あまりに意外な内容過ぎて、頭に入っていかない。

立ち尽くすリュシアンの両肩を、アレックスは強く揺さぶった。

「彼女は泣きながら妹さんに言ったらしい。リュシアンには妻子がいる、って。お前、まだあの話してなかったのかよ！」

ようやく現状を把握したリュシアンは青褪めた。

嫌な予感があり得ない結論を導き出して来る。

だがまさか、そんなことが――。

信じられない気持ちで目の前の男を改めて見てみる。

アレックスの切羽詰まった様子に、ざわりと全身が総毛立った。

「クラリッサ嬢は、親父さんの墓の前から動かないそうだ。外出先から戻って来た後、もう三時間も地べたに座り込んでて、妹さん達でも動かせないらしい。今日彼女は、ミドランド通り近くの孤児院を慰問したらしい。帰宅直後から、すでに様子はおかしかったそうだ。ミドランド通りのホテルには今、誰が泊まっているか、俺はお前に言ったよな？」

リュシアンは頷き、全力で駆け出した。三階の自室に立ち寄り、急いで階段を駆け下りる。

雨足はますます強まっていた。

もう三時間も、というアレックスの声が耳奥で大きく鳴り響く。

リュシアンは御者を急かし、土砂降りの雨の中、馬車を走らせた。

⚜

⚜

⚜

クラリッサは、ぼんやりとした意識の中、自分を揺さぶる温かい手の持ち主を見上げた。

「お願い、お姉様。私と一緒に戻りましょう。ね？」

シルヴィアだ。妹が泣きながら必死に訴えてきている。

平素のクラリッサならば、すぐに立ち上がりシルヴィアの涙を拭ってやっただろう。

だが今の彼女にその余裕はなかった。全身から力という力が抜け、指を動かすことすら出来そうにない。

「……先に、行って」

クラリッサは、何とか声を押し出した。こちらに傘を差しかけているせいで、シルヴィアの体の半分が濡れている。このままでは妹が風邪を引いてしまう。

クラリッサは気力を振り絞り、シルヴィアを弱々しく押し返した。

「そんなこと言って、お姉様は戻って来ないのでしょう？　こんなに冷えて……ああ、どうすればいいの。お願い、お姉様。気を確かに持って！」

シルヴィアは、傘を握っていない方の手でクラリッサの腕を強く引っ張った。

上半身がぐらりと傾く。ぬかるんだ地面に手をつけば、真っ白な手袋がみるみるうちに泥水を吸い込み、土色に汚れていった。

ドレスも帽子も、すっかり濡れてしまっている。

せっかくリュシアンが買ってくれたのに、と思いかけ、クラリッサはふっと笑みを浮かべた。

慰謝料代わりのドレスが駄目になったところで、どうだというのだろう。また時代遅れのドレスを着ればいい。今度こそ爵位を返し、妹二人と街に下りればいいだけだ。

以前はそうしようと決めていた。どれほど貧しかろうと、まっすぐ背筋を伸ばしていられた。

これほど弱くなってしまったのは、リュシアンを愛したせい——そしてその愛した人に、手酷く裏切られたせいだ。

もう少し。あと少しだけ、許して欲しい。

息がしにくいほどの胸の痛みが和らぐまで、そっとしておいて欲しい。

俯いたクラリッサがゆるゆると首を振ると、シルヴィアはとうとう傘を放り出し、両手で彼女を立ち上がらせようと奮闘し始めた。

「クラリッサ!!」

そこへ、聞き馴染(なじ)みのある低い声が聞こえて来る。焦(あせ)りを隠そうともしない大きな声。

耳がおかしくなったのかもしれない。

クラリッサは幻聴を追い出そうと、きつく目を閉じた。黒で染まった世界の中、冷たい雨が全身を叩く。

「お義兄(にい)様！」

シルヴィアは涙声で叫んだ。

「お昼前から、ここにいらっしゃるの。身体が氷みたいに冷たいわ……このままじゃ。このままじゃ、お姉様は……！」

「メリルに言って風呂の準備をさせて。シルヴィもかなり濡れてる。君もちゃんと着替えて温かくするんだ。いいな？」

「わ、分かったわ」

すぐ傍(そば)で聞こえた衣擦(きぬず)れの音に、クラリッサは薄く目を開いた。妹が屈(かが)み込んで傘を拾っている。

シルヴィアはドレスをたくし上げ、水たまりを避けようともせずにまっすぐ屋敷を目指して駆けて行った。

そろそろと視線を移せば、黒い革靴が見える。

「クラリッサも行こう」

靴の持ち主は、優しい声を投げかけてきた。クラリッサの隣に片膝をつき、強い意志を感じさせる腕を彼女に回して来る。

雨水を吸ってすっかり重くなったドレスの中で、クラリッサはぶるぶると震え出した。この手には、触れられたくない。

「あっちへ、行って」

「嫌だ。話は屋敷で聞く」

容赦ない声が即座に返って来る。クラリッサはキッと顔をあげ相手を睨み付けた。

視線はたちまち濃い青色の瞳とぶつかる。

リュシアンも傘を差していなかった。帽子はどこへ置いてきたのだろう。濡れた髪の先から、大粒の雫がしたたり落ちている。

「ごめん、クラリッサ」

リュシアンは深い悲しみを湛えた表情で、そう言った。

激しい怒りが、腹の奥から噴き上げて来る。

自分ではとても制御出来ない激情の根にあるのは、嫉妬だった。リュシアンは、確かにクラリッサを好きになったのかもしれない。仕事を放り出して駆けつけてくれる程度には、大切に想ってくれているのかもしれない。同時に二人の女性を愛せる人だってこの世界にはいるのだろう。

だがリュシアンを他の誰かと分け合うことは出来ない。クラリッサにはどうしても出来ない。

彼女は不実な夫から逃れるべく、必死にもがいた。

「いやっ！　私に触らないでっ……！　奥様がいるのに求婚するなんて、あなたは最低よ！」

膨らんだお腹を愛しげに撫でていた彼の姿が、脳裡に蘇る。リュシアンは同じ手で、今度はクラリッサを助けようとしているのだ。到底許せるものではない。

「他に奥さんなんていないけど、俺は確かに最低だ。それでも、君を失いたくない。想像だけでも耐えられない！」

リュシアンは掠れた声を振り絞って言うと、無理やりクラリッサを抱き上げた。

いかにも愛妻家らしい台詞と力強い腕の感触に、頭の芯が焼き切れそうになる。

初めてリュシアンに抱き締められた時、クラリッサは戸惑った。

次に抱き締められた時は、安らぎを感じた。

思いが通じ合った時は、途方もない幸せを味わった。

だが、彼とのかけがえのない思い出は全て、クラリッサ一人が夢見た虚構だった。

「よくもそんなことが言えるわね……！」

彼女の喉から悲痛な叫びが洩れる。クラリッサは夫の腕を振り切ろうとしゃにむに暴れた。地面に投げ出されても構わない。たとえ骨折しようが、彼に抱かれているよりずっとマシだ。

「頼むからじっとして！」

とうとうリュシアンは立ち止まり、彼女を下ろした。すかさず逃げ出そうとしたが、重いドレスが枷となりとっさには動けない。リュシアンはクラリッサの両手首を素早く掴み、自分の胸元へと引き寄せた。

あっという間に、唇を塞がれる。

クラリッサは、カッとなった。唇へのキスはこれが初めてだ。それをこんな風に――自分を言い包める為に使うなんて！　思い切りリュシアンの唇を噛む。血の味が口中に広がった。

「っ……！」

リュシアンは顔を顰めたが、それでも彼女を離そうとはしなかった。

「クラリッサ、頼む、落ち着いてくれ。違うから。俺は、君を裏切ってない」

低い声で囁きながら、何度もクラリッサに口づける。眦、頬、唇。リュシアンは必死だった。あまりにひたむきなキスに、どうしようもなく切なくなる。やがてクラリッサの全身から力が抜けた。

リュシアンは掴んでいた手首を離し、改めて両手で彼女の頬を包み込んだ。

そのまま曇りのない瞳で覗き込まれる。……こんな顔で平然と嘘をつくような人だろうか。ふと疑惑が生まれ、クラリッサの心の扉がほんの少しだけ開く。

リュシアンは彼女と目を合わせたまま、根気よく繰り返した。

「本当に違うんだ。俺には、君しかいない。他に女はいないし、子供もいない。確かに隠し事はしてた。それは悪かった。だけど、君が思ってるようなことじゃないんだ」

「なにを」

今更、と言いかけ、クラリッサは口を噤んだ。

リュシアンがポケットをまさぐり、一枚の写真を取り出してきたのだ。

二つ折りにされたその写真を、彼は荒々しく広げて見せた。

「俺が馬鹿だった。もっと早く打ち明ければこんなことには……。俺には双子の弟がいる。名前はジェラルド。君はこいつに会ったんじゃないか？」

頭も視界もぼうっと霞んで、はっきり見えないが、写真に写っているのはリュシアン本人な気がする。

ゆっくりと息を吐き、先入観なしに見てみようと試みる。

写真の中のリュシアンはシュラール風の衣装を纏い、破顔していた。

あけっぴろげな明るい笑顔に、違和感を覚えた。クラリッサの知っている彼はこんな風には笑わない。ちょっと恥ずかしそうに、それでいて心から幸せそうに微笑むのがリュシアンだった。

「ジェラルドは今、ミドランド通りのホテルに泊まってる。ずっと外国に行ってたんだけど、最近帰国したらしい。結婚したのは知ってたけど、子供がいることまでは俺も知らなかった」

「……まだ生まれていないわ。……あなたは通りの向こうで、黒髪の女性の、膨らんだお腹を撫でていた。すごく大切そうに……」

「やっぱり見たんだな。弟は俺とそっくりで、両親でさえ時々見間違えた。遠目に見たのなら、君が勘違いするのも無理ない。ほんとにごめん。でも、それは誓って俺じゃない。後でもっときちんと説明する。頼む。今だけでいいから、俺の言うことを聞いて。屋敷に戻って」

リュシアンは再びクラリッサの両手を取り、自分の額に押し当てた。

「氷みたいに冷え切ってる……。頼むよ、クラリッサ。俺から君を奪わないでくれ！」

リュシアンの声は上擦っていた。

何をそんなに焦っているのだろう。ただ雨に濡れてしまっているだけなのに。

クラリッサは、大げさなリュシアンの態度を不思議に思った。耳障りな音が自分の呼吸に混じり始めていることには気づかない。

――やけに、疲れた。

リュシアンの言葉が真実なら、クラリッサは勝手に勘違いをし、一人で大騒ぎしていたことになる。なんてみっともない……。クラリッサはあまりの恥ずかしさに目をつぶった。

途端、全身から力が抜け、その場に崩れ落ちそうになる。彼女を待ち受けていたのは、ぬかるんだ地面ではなく優しいぬくもりだった。甘く爽(さわ)やかな香りが鼻先を掠(かす)める。

「くそっ……間に合ってくれ！」

手足が意に反して揺れる。どうやらリュシアンはクラリッサを抱えたまま、走り出したようだ。

クラリッサの意識は、そこで途切れた。

シルヴィアが案じた通り、クラリッサはベッドに入れられてすぐ高熱にうなされた。

取り乱したリュシアンが何人もの医師を呼ぼうとするのを、使用人総出で何とか思い止(とど)まらせようとしたが、なかなかどうして難しい。

「旦那様、その方は獣医です！」

階下から聞こえてきた執事の悲鳴に、リリーは自分の部屋でこっそり溜息(ためいき)をついた。

診察を終えた医師は、扉脇で待ち構えていたリュシアンに腕を掴まれ、悲鳴を上げそうになった。

リュシアンは無言のまま、医師を部屋から引き離す。

廊下の突き当たりまで来ると、リュシアンはぴたりと足を止め、医師に向き直った。

「先生、彼女はどうだった!?　大丈夫だよな!?　今夜が峠(とうげ)とか、そんな物騒なこと言わないよな!?」

リュシアンの剣幕に押されつつ、医師は優しく答えた。

「大丈夫です。見かけほどの重症ではありません。温かくして消化のいいものを食べて、きちんと薬を飲んで休めば問題ないでしょう」

「……彼女は、助かるんだな？」

リュシアンの瞳がみるみるうちに潤み始める。

医師は心配性の夫を安心させようと、軽く彼の背中を叩いた。

「助かるも何も、ただの風邪ですよ。胸の音も綺麗(きれい)でしたし、肺炎の恐れはありません」

「よかった……って、胸？」

一瞬ふわりと和(なご)んだリュシアンの表情が、硬く強張(こわば)る。

「お前、クラリッサの胸を、勝手に見たのか!?」

医師に掴みかかろうとしたリュシアンを、廊下の曲がり角からハラハラと見守っていた使用人達が飛び出し、押さえつけた。

「旦那様！　お気を確かに！」

「うるさい、俺は落ち着いてる！」

困りきったシルヴィアは、アレックスに使いを出し、助けを求めた。

遅れてやって来たアレックスは、獰猛(どうもう)に唸(うな)りながらクラリッサの自室の前をうろついている馬鹿を発見し、こめかみを押さえた。

医者の見立ては正しく、夜が明ける頃にはクラリッサの熱は下がっていた。

リュシアンは一晩中、まんじりともせずにクラリッサを見張った。

少し目を離した隙に、肩まで引き上げてある毛布が彼女の口を塞ぐかもしれない。

荒い呼吸に泣きたくなったが、静かになればなったで不安になる。

恐る恐る耳を近づけ、呼吸音を拾っては安心して身体を戻す。

額に載せてある氷嚢を取り替えたり、汗を拭いたり。リュシアンの看病は傍からみれば煩いほどだった。途中見かねたシルヴィアが代わると申し出たのだが、リュシアンは頑として譲らなかった。

翌朝――。

仕事に行きたくないと言い張るリュシアンを、結局は泊まったアレックスが無理やり引きずって馬車に押し込んだ。

「アレックス様が来て下さって、助かりましたね」

馬車の見送りを済ませたメリルがぽつりと零すと、その場に居合わせた使用人達が一斉に頷いた。

リュシアンがすでに家庭を持っているという話を、彼らは誰一人として信じなかった。

口を開けば「クラリッサが」「クラリッサは」ばかりのリュシアンだ。

仮にいたとしても、とっくに愛想をつかされているに決まっている。

リュシアンは凄まじい速度で仕事を片づけ、残った雑務をアレックスに押し付け、まだ陽が高いうちに屋敷へと戻った。

もう帰って来たのか、と言わんばかりの顔でメリルが出迎える。彼に鞄を押し付けると、リュシアンは一段飛ばしで正面階段を駆け上がった。

クラリッサの自室の前で軽く息を整え、扉をそっと叩く。

「どうぞ」

いつも通りの澄んだ声に、リュシアンはその場に座り込みそうになった。

よろめきながら部屋に入ると、シルヴィアとリリーがベッド脇に腰掛けている。

彼女達はリュシアンを見ると、そそくさと立ち上がった。

「また後でね、お姉様」

「シルヴィ、リリー。本当にごめんね」

昨日、頑固に動こうとしなかったことをどうやら彼女は詫びているらしい。

すまなそうに肩を落としたクラリッサを見て、君のせいじゃないとリュシアンは叫びたくなった。

立ち尽くすリュシアンの隣を、シルヴィアとリリーが通り過ぎて行く。

「……悪かった」

すれ違いざま、絞り出すように謝罪する。二人は揃って首を振った。


部屋を出て階下へ向かいながら、シルヴィアは小さな声でリリーへ言った。

「リリーの言う通り、お義兄様は素敵だけれど、王子様ではないわね」

リリーはさもあらんといわんばかりに片眉を上げる。

「そうでしょう？　王子様ならどんな時でもパリッとしてなくちゃ。やっぱりお義兄様は英雄よ。ほら、英雄なら、戦いの帰りはボロボロでもおかしくないし」

リュシアンの目の下にはクマが出来ていたし、髪はあちこちが跳ねていたし、シャツの首元は緩められ、ネクタイは曲がっていた。

泥で汚れた上着とズボンはかろうじて着替えたようだが、マイルズ商会の従業員達は、さぞ驚いたことだろう。普段は隙なく装っている社長が、すっかりくたびれた外見で出社したのだから。

「あの日家に来て下さったのが、お義兄様で良かったわ。心の底から姉様を想って下さっているのが分かるもの」

シルヴィアがそう言うと、リリーも頷いた。

気が動転するといつも以上に口が悪くなるリュシアンのことを、リリーだって気に入っている。

一時はどうなることかと思ったが、きっと二人は今まで以上に仲睦(なかむつ)まじくなるに違いない。

リリーは満足げに微笑んだ。

やっぱり物語はハッピーエンドでなくちゃ。

ヒロインが実の姉なら尚更(なおさら)だ。

最終章　叶った願い事

「おかえりなさい」

少し離れたところに立ったままのリュシアンに、クラリッサは声をかけた。

途端に、くしゃりと彼の顔が歪む。

今にも泣き出しそうな顔で、リュシアンはクラリッサに近づいてきた。

「……もういいの？」

「ええ、熱はすっかり下がったわ。念の為、今日はベッドにいるようにって、お医者様に言われたから大人しくしているだけよ」

「そっか。良かった」

リュシアンはベッド脇に突っ立ったまま、動こうとしない。

クラリッサはどうしたものか、と思案した。

痛みを堪えるような表情を見れば、彼がどれほど自分を責めているか分かる。

クラリッサは手を伸ばし、リュシアンの手を握った。

「どうぞおかけになって。見上げていると、首が辛いの」

「ああ、だよな。ごめん」

弾かれたようにリュシアンはベッドの端に腰掛ける。

それから、何とか話を切り出そうと口を開いた。

「何から話せばいいか。……俺には弟がいるって話、覚えてる？」

「ええ、ジェラルド様だったかしら」

「うん、そう。――そのジェラルドと俺は、双子の癖にガキの頃からものすごく仲が悪かった。あいつにムカつかない日はなかったよ。それでも何とかやり過ごしてた。だけど十年前、俺達はとうとう決定的な仲違いをした。俺はあいつに『二度と顔を見せるな』って啖呵を切って、札束を投げつけたんだ。あいつは床に這いつくばって金を拾い集めながら、俺を殺してやりたいって顔で睨んできた。……君には信じられない話だと思う。でもあの時は、ああするしかなかった。時を巻き戻せたとしても、俺は何度だって弟と縁を切る」

リュシアンがここまで言い切るからには、余程の確執があったのだろう。

苦しげに言葉を紡ぐリュシアンを、クラリッサはじっと見つめた。

夫婦の間にあった見えない壁が、少しずつ崩れていくのが分かる。彼が以前、父への愚痴に親身になってくれたのは、おそらく彼にも似たような経験があったから。

ただ憎いだけなら、ここまで拗らせはしない。家族として過ごした時間や絆が、茨の棘のようにいつまでも心を縛る。リュシアンがクラリッサに弟の存在を隠していた理由も、何となく想像出来た。

「……私の気持ちを案じて下さったのね？　私が妹達を大切にしてるから」

小声で確認してみる。リュシアンは激しく首を振った。

「いや、違う。君の為じゃない。俺は、君にどう思われるか怖かった。家族想いの君には理解して貰(もら)えないと決めつけた。俺は俺自身を守る為に、君を傷つけたんだよ、クラリッサ」

　リュシアンは吐き捨てるように言うと、深く頭を下げた。

「本当にすまなかった。……宣誓式の前、君に聞かれたことがあったよな？　本当に天涯孤独の身なのかって。あの時、怒ったりしないで打ち明けるべきだった。そしたら、君はあれがジェラルドだって分かったと思う。どれだけそっくりでも、髪形とか服とか、細かな違いはあるに決まってる。君はあんなに苦しまなくて済んだんだ」

　リュシアンのきつく握り込まれた拳(こぶし)は、微(かす)かに震えている。

　クラリッサは堪(たま)らず、その拳に自分の手を重ねた。

　自責の念に押しつぶされそうになっているリュシアンを、それ以上見ていることは出来なかった。

「リュシアン様の中で、弟君の話は禁忌(きんき)になっているのね。仲違いの原因はどんなものだったの？」

　この際、全てぶちまけてすっきりした方がいいのかもしれない。

　クラリッサは目を細め「無理に、とは言わないわ」と付け足した。

　リュシアンはクラリッサの手をぎゅっと握り、訥々(とつとつ)と当時の状況について話し始めた。

　深い悲しみに耐えながら、懸命に現実に立ち向かおうとする十代のリュシアンの姿が浮かんでくる。

　負けず嫌いな彼のことだ。誰にも弱音は吐かなかったことだろう。

　リュシアンが弱音を吐いても許される相手は、ジェラルドだけだった。

　だがジェラルドは兄の気持ちを理解するどころか、一方的に彼を糾弾(きゅうだん)した。

クラリッサも長子だ。リュシアンがかつて味わった絶望と怒りは容易に想像出来る。

「――打ち明けて下さってありがとう。思い出すだけでも辛いお話でしょうに」

クラリッサは優しくリュシアンを労わった。

それから、断罪を待つかのように口を閉じたリュシアンに向かって、姿勢を正す。

「話は分かったわ。でも一つだけ、気になったことがあるの」

「何でも言って。それで君の誤解が解けるなら、何だってする」

リュシアンが即答する。

クラリッサは勿体ぶった態度で人指し指を振ってみせた。

「本当のことを言ったら私に嫌われるんじゃないか、ってところに異議を申し立てたいわ。あなたは私を過大評価し過ぎよ。もし私の弟がそんな口を利いたなら、私だって弟と縁を切るわ。投げつける札束は持ってないから、無一文で屋敷から叩き出すでしょうね。ジェラルド様はあなたに感謝すべきじゃないかしら」

リュシアンは一瞬あっけに取られ、その後泣き笑いのような表情を浮かべた。

「……気になったことって、それだけ？」

「ええ。あの写真、もう一度見せて」

クラリッサが手を出すと、リュシアンは慌ててポケットを探り、雨に濡れたせいで更にくしゃくしゃになった写真を取り出した。

クラリッサは丁寧に皺を伸ばし、じっくり写真の中の青年を観察してみた。

やはり笑顔が違う。それによくよく見てみれば、髪だって少し癖がある。通りで見かけた時は、帽子を被(かぶ)っていたから気づかなかった。

「本当にそっくりね」

「ああ」

リュシアンは不本意そうな顔で頷(うなず)く。

「でもあなたの方が素敵だわ」

クラリッサの付け足した一言に、彼はふわりと笑った。

はにかみを帯びた照れた笑顔に、胸が温まる。そう、クラリッサが好きになったのはこの笑顔だ。

「仲直りしましょう、リュシアン様。私がみっともなく取り乱したことを忘れて下さるなら、私もリュシアン様の隠し事を許して差し上げます」

クラリッサは努めて昨日のことを思い出すまいとしながら、早口で言った。

勘違いで嫉妬に狂った挙句(あげく)、皆に迷惑をかけたことが恥ずかしくて堪(たま)らない。

「君は優し過ぎるよ。今までよく無事でいられたな、って感心するレベルのお人よしだ」

リュシアンは呆(あき)れた口調で言ったが、瞳は潤んでいる。

いつもの彼らしい憎まれ口に、クラリッサは微笑(ほほえ)まずにはいられなかった。

「――その顔、すごく好きだって前も言った？」

リュシアンはようやく肩から力を抜き、ベッドに片手をついて身を乗り出した。

近づいて来る甘い瞳に、睫(まつげ)を伏せる。

彼は唇に優しく触れるだけのキスをして、すぐに離れて行った。そうっと目を開くと、例のはにかんだ笑みがすぐ前にある。

これまで決して唇には触れてこなかったリュシアンからの、初めての口づけだ。昨日の分は数に入れないことにしよう、とこっそり決める。あれは錯乱したクラリッサを落ち着かせる為のキスだった。

彼女は二人の間から全ての壁が取り払われたことを知った。リュシアンの熱っぽい視線をしっかり受け止め、じっと見つめ返す。何だか物足りなくて、キスされる前より唇が寂しい。

リュシアンは苦しげな顔になり、短く息を吐いた。

「そんな顔するな。今すぐ止めないと、大変な目に遭うぞ」

「私達は結婚しているのよ？　リュシアン様になら何をされても――」

「はぁ!?　ちょっと待った！」

リュシアンはクラリッサの頭の上に毛布を被せ、すっぽり包んでしまった。

視界が薄暗いベージュ一色に染まる。

「もしかして、クラリッサって、その、男女の色んなこと、知ってたりする？」

動揺に満ちたリュシアンの声に、彼女は素直に頷いた。

「色んなこと？　新妻の心構えなら、式の後リューブラントのおば様が教えて下さったわ」

「あ、あの夫婦は！　揃いも揃って！」

リュシアンの憤る声がしばらく続いた後、クラリッサは毛布の上から優しく抱き締められた。

「それなら、俺が手を出さないの不安だったよな。そっちもごめん。ごめんついでになるけど、週末まで待って欲しい。クラリッサのその不安を拭えるよう頑張るから」

「週末に何かあるの？」

「ああ。俺と一緒に出かけてくれる？」

リュシアンの穏やかな口調から、そう悪い話ではないと当たりをつける。

クラリッサはこくりと頷き、そっと毛布を持ちあげた。

頬を赤くしたリュシアンとすぐに目が合う。

「くそ……あと三日もある……！」

彼はクラリッサの顔を見るなり、低く呻いてベッドに突っ伏した。


そして三日後。

リュシアンはクラリッサを伴い、有名な高級宝石店を訪れた。

出迎えた店員はリュシアンの顔を見るなり、すぐに店の奥へと案内する。

特別な顧客しか通さない、表に置いてある商品とは桁違いの宝飾品が置いてある部屋へと通され、クラリッサは困惑した。

「これはこれは、マイルズ様。お待ちしておりました」

「待った甲斐があるとありがたいな」

「もちろんでございます。ご注文通りに仕上げることが出来たと自負しておりますよ。これほど大きく上質な原石は、私どもも久しぶりに扱いました」

状況が掴(つか)めず目を瞬(またた)かせるクラリッサの前に、ビロウドで覆(おお)われたトレイが置かれる。

トレイの上に並んでいるのは、大きさの違う三つの宝石箱だ。

「こちらが首飾り。続きまして、耳飾り。最後が、指輪でございます」

白い手袋をはめた店主が、恭(うやうや)しい手つきで箱の蓋(ふた)を一つずつ開いていく。

中に鎮座していたのは、深い青に煌(きら)めくサファイアを使った宝飾品だった。

ロイヤルブルーと呼ばれる美しい青色に、クラリッサの目は吸い寄せられた。

どれも非常に繊細で優美なデザインに仕上げられている。

「サファイアには、『君主を不幸から守る』という言い伝えがございます。まこと、オルティス侯爵様にふさわしいお品かと」

今まで贈られたどの宝飾品より高価であることは、一目で分かる。

複雑なカッティングに輝く見事なサファイアを取り囲むダイヤモンドの粒一つ取っても、かなりの金額になるだろう。

「リュシアン様……」

こんな高価なものを買って貰うわけにはいかない。辞退しようとしたクラリッサだったが、真剣な面持ちでそれぞれの宝飾品を確認しているリュシアンに話しかけるタイミングが見つからない。

ポケットから片眼鏡(モノクル)を取り出した彼は、丁寧(ていねい)な手つきで品物を取り上げ、矯(た)めつ眇(すが)めつ見始めた。

しばらくしてようやく納得したのか、眼鏡を外し鷹揚(おうよう)に頷く。

「うん、すごく良い仕上がりだ。ここで頼んで正解だったよ。包んで貰える？」

「かしこまりました」

嬉しそうに顔を綻ばせた店主が一旦商品を持って下がったのを見届け、クラリッサは困りきった顔でリュシアンを見上げた。

「贈り物の値段を尋ねるのはマナー違反だけど、それでも聞かずにはいられないわ」

ひそひそ声で言ったクラリッサの前で、リュシアンは上着の内ポケットを探った。そこから便箋らしき紙を取り出し、彼女に差し出してくる。

「値段を教えてあげたいのは山々だけど、俺も知らないんだ。あれは君の父親からの結婚祝いだよ」

父からの結婚祝い？

何が起きているのか、さっぱり分からない。

クラリッサは眉間に皺を寄せ、とりあえず便箋を広げることにした。

そこに綴られた文字を見た瞬間、驚きと共に熱い塊がせり上がって来る。

懐かしいその筆跡は、確かに亡き父のものだった。

「リューブラント伯から一時的に預かってる手紙だ。くしゃくしゃに丸めたり、破ったりしたら駄目だからね」

リュシアンの注意が、遠くに聞こえる。

クラリッサは食い入るように、弱々しい文字を追った。

立派な字を書く人だったが、病には勝てなかったらしく、所々歪にゆがんでいる。墨もかなり薄い。

『クラリッサにはサファイア。シルヴィアにはルビー。リリーには真珠を用意した。娘達が結婚する時、夫となる男に、これで宝飾品を作ってやるよう頼んでくれ。三人とも素晴らしい娘だ。すぐに相手は見つかるだろう。肩身狭く嫁ぐことがないよう、どうかこれらを持たせてやって欲しい』

クラリッサは叫び出したかった。
私達は日々を食いつなぐパンにすら困っていたのよ、お父様！
借金で首が回らない家の、思い詰めた顔の娘に、一体誰が求婚するというの。
父の時は、一体いつから止まっていたのだろう。
彼だって、持っている服はどれも合わないほど、痩せてしまっていたではないか。
そんな宝石、さっさと売ってしまえば良かったのだ。
父は馬鹿だ。大馬鹿者だ。
その愚かさが酷く哀しく、それでもどうしても恨みきれない。
父の見ていた世界は、最後まで過去の栄光に満ちた優しいものだった。
クラリッサはきつく目を閉じ、泣くまいと歯を食いしばった。
その優しい世界の中で、父なりに娘達を気にかけていた。
父が大切に想っていたのは母だけではなかった。

「おじ様への手紙が、こんなものだとは夢にも思わなかったわ。最後まで面倒事ばかり押し付けて逝くなんて、父はどうしようもない人ね」

声を震わせるクラリッサの肩を抱き寄せ、リュシアンは真面目な顔で頷いた。

「だよな。娘達が餓死寸前なのに、そんなことにも気がつかないで、いつ使うか分からない宝石なんか後生大事にかかえてさ」

「ええ」

「きっとお父さんには現実が見えてなかった。君は怒っていい」

こくこく、と首を縦に振って同意を示すクラリッサの膝に、大粒の涙が落ちていく。

「だけど俺は、この手紙見せてもらった時、嬉しかったよ。彼なりに娘達を愛してたんだなって伝わってきた」

「リュシアン様……」

「リューブラント伯には、侯爵の願いを叶えてやれって言われた。それが出来たら、君との結婚を認めるって。なんであんたに認めて貰わなきゃいけないんだってカチンときたけどさ。リューブラント伯には君に会わせてくれた借りがあるから。だからずっと細工が出来るのを待ってたんだ」

クラリッサは丁寧に便箋を畳み、リュシアンに返した。

このままでは涙で滲んで読めなくなってしまう。まだ二回は出番がある大切な手紙だ。

リュシアンは手紙を懐へ戻し、改めてクラリッサに向き直った。

灰青色の瞳が、情熱と懇願に煌めく。

「シルヴィアとリリーにも、その時が来たらちゃんと作って持たせてやる。お父さんの願いは代わりに俺が果たすよ。どうか俺のものになって、クラリッサ」

「とっくに私はリュシアン様のものだわ」

間髪入れずに答える。

ここが宝飾店の中でなければ、思い切り彼に飛びつき抱き締めたことだろう。

「外で君を抱き締めるのは、マナー違反？」

リュシアンも同じことを思ったのか、小声で尋ねて来る。

「ええ。それに、抱き締められるだけじゃ、足りないもの。激しくマナー違反だわ」

「馬車の中はセーフだろ？　セーフだって言って」

「……外から見えないのなら」

「よし、出よう」

リュシアンのきっぱりとした返事に、くすぐったくなる。

白い紙袋を提げたリュシアンは、クラリッサをエスコートしながら店の外に出た。

クラリッサは晴れ晴れとした気持ちで、外の空気を吸った。

リュシアンがこちらを見つめていることに気づくと、視線を合わせ小さく微笑む。

空は青く、風は気持ちよく、夫は自分に惚(ほ)れきっている。

申し分のない休日だった。

リュシアンも満足そうな表情でクラリッサを眺めた後、軽く息を吐いて提案してきた。

「帰りに、ちょっと弟んとこ寄ってもいい？」

「えっ？」

クラリッサは目を丸くして、リュシアンを凝視する。

「いや、まだ会うのは無理だけどさ。顔だけでも見てやろうかと思って。今でもそこまで似てるのか気になるし」

リュシアンの口調は拗ねていた。かつてない行動を取る理由が悋気だと気づき、クラリッサはときめかずにはいられなかった。

「私が見間違えたこと、やっぱりショックだったの？」

「まあね。遠目とはいえ、君が間違うんだから今でもよっぽど似てるんだろうなって。なんで禿げてないんだろ。一本残らず抜けるよう毎晩祈るんだった」

リュシアンはぶつぶつ文句を零している。

たとえそっくりな外見を持っていても、クラリッサが愛しているのは目の前の夫だけだ。

クラリッサは弾む気持ちを抑え、上品に首を傾げた。

「行くのは構わないけれど、そんなに都合よく見かけることが出来るものかしら？」

クラリッサがジェラルドを見かけたのは偶然だった。狙ってミドランド通りに出掛けて行っても、そんな偶然は何度も起こらない気がする。

リュシアンは腕を組み、確かに、と頷いた。

「じゃあ、ホテルだけ見て帰ろうかな」

彼なりに前に進もうとしているのだ。そしてその背中は、クラリッサが預かっている。

たとえようもない充足感を覚えながら、彼女は目を細めた。

「それで気が済むのなら、お付き合いします」

「……君のこと誰より愛してるって、俺もう言った？」

「聞いたような気もするけど、何度だって聞きたいわ」

くすくす笑い出したクラリッサの手を取り、リュシアンは歩き出した。

クラリッサは上機嫌な夫にぴったりと寄り添い、自分の願いが叶った喜びを噛み締めた。

妹達の明日の心配をせず済む生活が手に入った。

隣には愛する人がいて、過去も想いも丸ごと預けあえる。

これ以上望むことが他にあるだろうか。

……ハウスパーティがあった。

クラリッサは思い直し、心の中で付け加える。

リュシアンの役に立たなければという義務感はすでに消えている。

せっかく家族全員で招かれているのだ。どうか、楽しい滞在になりますように。

リュシアンの手をしっかりと握りながら、クラリッサは明るい気持ちで祈った。

後日談～デュノア公爵家のハウスパーティ

デュノア公爵家の領地は、王都の東部に位置するモーティマ州にある。肥沃な土地で有名なモーティマは、王都と地方を結ぶ鉄道が初めて通った地域でもある。

そのモーティマの中心に悠然と佇むのが、『フラムステラ・コート』――デュノア公爵家が有するカントリーハウスだ。

フラムステラ・コートの美しさは有名で、昔も今も貴族達がこぞって招待を待ち望んでいる。

緑豊かな森には澄んだ小川がさらさらと流れ、鳥の囀りが絶え間なく聞こえる。秋になれば広大な牧草地は見渡す限りの黄金に色づく。鮮やかな花が咲き乱れる大庭園に、最新型の温室。見事に刈り込まれた滑らかな芝生を行けば、四つの尖塔を両端に配した箱型の城館が現れる。

長方形の窓がずらりと並んだ巨大な建物の前に立った時、クラリッサは口がぽかんと開くのを止められなかった。フラムステラ・コートに滞在した時の記憶は、彼女の中で今なお鮮明に輝いている。

とにかく、素晴らしい場所だった。妹達にも同じ感動を味わわせることが出来ると思うと、胸が弾んで仕方ない。

今のオルティス家の面々の中で、ハウスパーティへ行ったことがあるのは、クラリッサと二人のメイドだけだ。母付きのメイドだった彼女らに助言を請いつつ、クラリッサは荷造りに全力を注いでいた。

今回の滞在は、クラリッサが侯爵位を継いで以来の社交となる。上流貴族の中で初めて平民と結婚したクラリッサには、好奇の視線が注がれることだろう。せめて装いや持ち物で笑われることがないようにしなければ。自分はどれほど嘲笑されても構わないが、シルヴィアやリリー、そしてリュシアンに肩身の狭い思いをさせたくない。

　おそらくクラリッサを連れて行った時の母も、同じ気持ちだったのだろう。

　彼女は亡き母に想いを馳せながら、持ち物リストを読み上げ始めた。

　クラリッサの声に合わせ、メイド達が手際よく旅行鞄を点検していく。

「ドレスは、昼用のものと晩餐会用のものね。それぞれ一週間分は必要だわ。帽子と手袋、それに扇子や日傘も。なるだけドレスにあった小物を組み合わせなくては。ヘアピンはなくしやすいから、多めに持って行きましょう。それと乗馬服、乗馬用の靴。あとは、下着や寝間着類ね。他に忘れているものはないかしら？」

「お館様、化粧品と香水がまだです」

「ありがとう！　すっかり忘れていたわ」

　普段は日焼け止め代わりに軽くおしろいを叩くだけで、口紅さえ引かないクラリッサだが、公の場ではそうはいかない。リリーはまだ良いとして、シルヴィアの装いにも気を配ってやらねば。

　青年貴族との縁を願っているわけではないが、シルヴィアが他家の令嬢の引き立て役にさせられるのは面白くない。

　メイドは鏡台から化粧品を取り出し、ポーチに詰め始めた。手鏡や化粧水、クリームなども忘れない。その中にはリュシアンに買って貰ったボディクリームもあった。

　そろそろ荷造りも完成、という段になり、クラリッサは眉を顰めた。

「香水が変色してるわ……」

社交界にデビューした際、母に貰った香水瓶の中身が黄色く濁っている。試しにハンカチに吹きかけて匂いを嗅いでみたが、お世辞にも良い香りとは言えなかった。カビが生えたクイギ粉のような香りがする。

「まあ、どういたしましょう。私どももうっかりしておりました」

クラリッサが普段使っているのは練り香水だ。ローズ系の上品な香りだが、持続性はないし拡散性も低く、華やかなパーティ向きではない。

「大丈夫、出立は明日ですもの。まだ買い物に行く時間はあるわ」

クラリッサは気を取り直すと、外出の準備に取りかかるようメイドに指示を出した。

「――リュシアン様にも伝えてくれる？　ほんの二時間ほどで戻りますって」

「俺が、なに？」

クラリッサの声に応えたのは、メイドではなくリュシアンだった。

ハッと入口を振り返る。リュシアンは、開いた扉に肩を凭れさせ、腕を組んでこちらを眺めていた。灰青色の瞳は悪戯めいた光を湛えている。

「リュシアン様！　いつからそちらに？」

「君がリストを読み上げ始めたくらいから」

「そんなに前から……。まさか、黙って入っていらっしゃったの？」

クラリッサが不作法を咎めると、リュシアンは寄りかかっていた扉から体を離し、降参といわんばかりに両手を上げる。

「怒らないでよ、先生。俺が来た時にはもう、扉は全部開いてたんだ。だからいいかな？　って……。ダメだったみたいだな、その顔から察するに」

「どんな時でもノックは必要だわ。しなくて良いのは客室だけよ」

クラリッサがきびきび答えると、リュシアンはちぇ、と唇を尖らせる。

本音を言えば、リュシアンがわざわざ様子を見に来てくれたことが嬉しいし、彼との間に厳密なマナーは必要ないと思っている。荷造りに奮闘しているところを見られて、恥ずかしかっただけだ。

クラリッサは目元を和ませ、付け足した。

「怒ってはいないわ。ちょうどいいところへ来て下さって助かったもの」

「良かった。また棒探しの散策に出ようって言われるかと思った」

リュシアンの冗談に、クラリッサがくすくす笑い出す。メイド達は不思議そうな表情を浮かべた。

『棒』とは一体何のことだろう。

「とりあえず、今は必要ないわね。それより、買い物に行かなくてはいけなくなったの」

クラリッサは夫に外出の付き添いを頼むことにした。

「いいよ。でもそれなら、俺も先に荷造りした方がいいな。足りないものはないと思うけど、気になってきた」

「リュシアン様の旅行鞄は、同行する予定の従者が整えたわ。メリルが最終チェックをしてくれたから、完璧なはずよ。今日はもう他にすることがないのなら、買い物に付き合って下さらない？　また同じ店で申し訳ないけれど、母に貰った香水がダメになっていたの」

クラリッサは、以前リュシアンと共に香水専門店へ出掛けたことを思い出した。

あの時はまだ二人とも、互いへの距離を測りかねていた。それでもあれほど楽しかったのだ。身も心も結ばれた今なら、もっと楽しい買い物になるに違いない。

「香水？　君の香水なら、もう俺が持ってるよ」

リュシアンは何でもない風にさらりと言った。口調自体はさりげないが、得意げな表情は隠しきれていない。褒めて、褒めて、と尻尾を振らんばかりのリュシアンに、メイド達は噴き出しそうになった。慌てて一斉に面を伏せる。

クラリッサは首を傾げ、彼の台詞をそのまま繰り返した。

「私の香水を、あなたが？」

「ああ、前に出掛けた時、君の分はうちの店で作らせるって約束しただろ？　パーティに間に合って良かった。シルヴィアにはアレックスのお勧めを買ったけど、君のは俺がオーダーしたやつだ。リリーには早いだろ？　もし、彼女にも必要なら今から買いに行こう」

リュシアンは瞳を煌めかせながらそう言った。

――『君の香水は、既製品じゃなくてオーダーメイドのやつをうちで作るから、待ってて』

ようやくクラリッサは、一連の会話の全てを思い出した。当時の彼女は、リュシアンの申し出を社交辞令の一つだと流した。だが、そうではなかった。

リュシアンはそれがどんな些細なことでも、一度交わした約束を破らない。それがよく分かり、ますます夫への信頼と愛情が深まる。

「リリーは未成年ですもの、まだ必要ないわ。……ありがとう、リュシアン様。本当に、なんてお礼を言ったらいいか」

クラリッサは心を込めて感謝を述べた。リュシアンがちらりと顔をあげ、メイド達に目配せする。ようやく退出の許可を貰えた彼女らは、ホッとしながら早足で部屋を出て行った。これ以上、新婚夫婦に当てられては敵（かな）わない。

扉が固く締められるのを待って、リュシアンは会話を再開した。

「ほんとに嬉しい？」

「もちろん！」

「まだ香りも嗅いでないのに？」

嬉しそうにからかって来るリュシアンに、クラリッサはにっこり笑ってみせる。

「あなたが私をイメージして作って下さったってことが、何より重要なんですもの。まさか、クイギ粉にカビが生えたような香りではないでしょう？」

「まさか！　っていうか、なんでそんなに具体的なわけ？」

クラリッサは黙って例のハンカチを差し出し、嗅いでみるように手振りで示した。リュシアンは首を捻（ひね）りながらもそれを受け取り、恐る恐る鼻を近づける。

「……うわ、ほんとそれっぽい……。これ、何年前の香水？」

「十八の時だから、五年前になるかしら。新品ではなかったのかもしれないわ」

「そっか。母親の形見なのに、残念だな」

リュシアンの眉がしょんぼり下がる。どんな時も妻の気持ちに寄り添おうとしてくれる、その心遣いが嬉しい。

クラリッサはそっと彼に近づいた。今は無性に彼に甘えたい気分だ。クラリッサの意図にいち早く気づいたリュシアンは、ハンカチを近くのテーブルに放り投げ、彼女を優しく抱き締めた。

リュシアンの腕の中にいる時が、一番心が安らぐ。大切な宝物を扱うかのように回される腕も、つむじに寄せられる温かな頬も、全てが愛しくてならない。

クラリッサの選んだ香水が、今日もリュシアンの服から立ち昇って来る。甘く爽やかな香りを存分に堪能した後で、クラリッサは彼から離れた。

「……えー、もう終わり？」

リュシアンは物足りなさそうだが、クラリッサは早く新しい香水を嗅ぎたくて仕方なかった。

「お願い、リュシアン様。私、待ちきれないの」

はしたないとは思ったが、背に腹は代えられない。クラリッサがねだると、リュシアンは大きな溜息をついた。

「そうやって無自覚に煽ってくるとこ、ほんとずるい」

クラリッサはぼやく彼をじっと見つめる。リュシアンはあっさり陥落した。

「分かったよ、ちょっと待ってて」

彼は早足で部屋を出て行くと、五分も経たないうちに戻って来た。手には長方形の白い箱を携えている。赤いリボンのかかった箱を両手で受け取ったクラリッサは、改めて礼を述べ、丁寧に包装を解いていった。一体どんな香りなのだろう。箱の蓋を開け、息を呑む。

　ビロウド張りの箱に収まっていたのは、目を見張るほど繊細な芸術品だった。複雑なカッティングがほどこされたガラス瓶は、銀細工の蔓草に覆われ、蓋は金細工で作られた小鳥を模している。中に入った琥珀色の液体までも、絶妙な色彩のバランスに華を加えていた。

「なんて素敵なの……！　これは鳥籠？」

　香水専門店でもなかなか見ることの出来ない素晴らしい細工に、目が離せない。

「ああ、そうだよ。気に入った？」

　リュシアンに顔を覗き込まれ、クラリッサは何度も頷いた。

「もちろんよ！　こんなに凝ったデザインの香水瓶は見たことがないわ」

「シュラール風の意匠だよ。前に行ってみたいって言ってたから、あの国で今流行ってる形にしてって頼んだ。鳥籠は俺のアイデア。でも小鳥は外に出して欲しいって。よく考えたら無茶な注文だけど、流石の出来上がりだろ？　ほら、よく見て。ちゃんと二羽いる」

　リュシアンがちょんと蓋をつつく。

　二羽の小鳥は仲睦まじく羽を並べ、オリーブの枝にとまっていた。

「もしかして、私とリュシアン様なの？」

「……あー、そこはさらっと流して。自分でも気障過ぎって分かってる。深夜に浮かんだアイデアをそのまま採用するのは次から止めるよ」

　クラリッサはオルティス家を沈没寸前の船のようだと思っていたが、リュシアンから見た彼女は、責務と因習に囚われた籠の中の鳥だった。

「瓶のデザインまで考えて下さったなんて……。世界にたった一つの香水ね」

クラリッサは感謝を込めて、そう言った。リュシアンは照れくさそうに眉を寄せる。

「まあね。ほら、もう瓶はいいだろ。肝心なのは中身だ」

彼に急かされるままに、瓶の蓋を開ける。途端、フルーティな香りが立ち昇ってきた。

うっかり床に落として割ってしまったら、泣くに泣けない。クラリッサはテーブルの上で新しいハンカチに中身を数滴落とした。可愛い小鳥の蓋を戻した後で、ハンカチに鼻を寄せる。

まず鼻腔をくすぐったのは、青りんごやオレンジを思わせる瑞々しい香りだった。少し遅れてジャスミンの華やかな香りを感じる。ホワイトムスクも僅かに混じっている気がする。

透明感のある何とも魅力的な香りだった。軽やかで愛らしいが、それだけではない奥深さもある。リュシアンがどれほど自分を大切に想ってくれているか、痛いほど伝わってきた。

「どう？」

リュシアンの表情に緊張が走る。クラリッサが気に入るかどうか不安なのだ。気に入らないどころか、何と答えればこの感謝を伝えられるのか分からないくらいなのに。

幸せ過ぎても、泣きたくなるものらしい。

クラリッサは込み上げて来る熱い塊を懸命に呑み込んだ。

リュシアンは愛しくて仕方ないと言わんばかりの顔で、クラリッサの眦に指を這わせる。滲んだ涙を優しく拭われ、クラリッサはたまらなくなった。

「――前も言ったと思うけど、あなたは私を過大評価し過ぎているわ」

「それじゃ分かんない、率直に言って」

甘い声色で更に問われる。

「最高よ、リュシアン様。これ以上なく幸せだわ」

クラリッサはとびっきりの笑顔を浮かべて答えた。

「その反応が、ずっと欲しかった」

リュシアンは満足げに呟くと、彼女の顎に指をかけた。やがて二人の影が重なる。

クラリッサは、昼間に交わすにしては少々情熱的過ぎる口づけに蕩かされ、軽い眩暈を覚えた。

そして翌日――。

オルティス家の面々は三台の馬車を連ね、モーティマ州へと出発した。

フラムステラ・コートまでは丸一日以上かかる為、途中で一泊挟んでの旅路となる。それらの段取りは全てメリルが整えた。

「私もご一緒出来れば良かったのですが……。商運をお祈りしております、旦那様」

見送りに出て来たメリルは眉を曇らせ、リュシアンを案じた。執事である彼には主人不在の屋敷を守るという大役がある。

「くれぐれも全てご自分でなさいませんよう。荷物は従者が持ちますし、着替えも従者がお手伝い致します。特に会食や催しなど、人目が多い場所ではお気を付け下さい」

「分かったよ。クラリッサの従僕に間違われないよう、せいぜい気取ってみる」

「はい。旦那様ほどの商才をお持ちの方を、粗末に扱える時代ではありません。どうか、堂々となさって下さい」

すっかりリュシアンに肩入れしているメリルは、他にも細々とした留意事項を述べ始めた。

自分の為を想って言ってくれているとリュシアンにも分かっている。彼は嫌な顔一つせずうん、うん、と頷いた。

クラリッサはそんな主従のやり取りに微笑ましさを覚えつつ、視線を彷徨わせ妹達を探した。

真新しい外出用のドレスを纏った二人は、見るからに浮かれた様子だった。

シルヴィアは同行する自分付きのメイドと、顔を寄せ合って向こうでの催しについて話しているし、リリーはといえば、料理メイドのルノンに向こうで出た料理をしっかり覚えて来ると請け合っていた。

「デュノア公爵といえば、大変な美食家らしいですからね。きっと流行最先端の豪華な料理が出て来るに違いないですよ。最近、シュラール人のシェフを雇ったとも聞きました」

ルノンはうっとりしているが、リリーは顔を顰める。

「私は晩餐会には呼ばれないわ。成人していないもの」

「朝食や昼食だって、豪華なはずです。それにリリーお嬢様だけ、夕食抜きってことはないでしょう」

「それはそうだろうけど。私は、普通の家庭料理が好きだわ。名前を聞いたこともない動物の卵が出てこないもの。ねえ、ルノン。ルベーグ貝が出たらどうしよう。あんなに勢いよく飛んで行ってしまうなんて、信じられる？　ちゃんと専用のトングで掴もうとしているのに、意地悪なくらいつるんと滑るのよ、本当に性悪な貝だわ」

「大丈夫ですよ、お嬢様。もし飛んだとしても、知らんぷりしておけばいいんです。給仕がこっそり拾って片づけてくれますって」

クラリッサは噴き出しそうになった。

前にルベーグ貝が出て来た時のことを思い出したのだ。リリーは三つの貝に挑戦し、三つとも見事に空に飛ばした。リュシアンがサッと身を乗り出して掴まなければ、向かい側に座ったシルヴィアの顔を直撃していただろう。『まさか、わざと狙っているわけではないわよね？』シルヴィアの冷ややかな声が脳裡に蘇り、我慢出来なくなる。

くつくつ笑い出したクラリッサを振り返り、「本気で悩んでるのに！」とリリーは頬を膨らませた。

「お館様、そろそろ出立のお時間です」

ようやくリュシアンに注意事項を伝え終えたメリルが、声をかけて来る。

「ごめんなさい、リリー。ルベーグ貝が出てきたら、手をつけなくていいわ」

クラリッサは末妹の肩に手を回し、馬車へと促しながら説明した。

「パーティでは淑女はあまり食べない方が良いとされているのよ。上品にサラダとパン、ほんのちょっぴりのチキンを齧ってる方が好ましいの」

「なんて馬鹿馬鹿しいの！　私は、出来るだけ残さず食べたいわ」

「ええ、私もよ」

空腹を水で紛らわせる辛さを知っているクラリッサ達には、もはや受け入れがたい慣習だ。

「でもほら、ルベーグ貝はあなたに食べられたくないみたいだから」

しんみりしそうになった空気を変えようと、冗談めかして言ってみる。

「それが問題よね、お姉様」

リリーも茶目っ気たっぷりな表情で返してきた。

「ねえ、何の話？」

そこへ、シルヴィアも駆け寄って来る。彼女の頬も薔薇色に上気していた。初めての家族旅行に、皆が浮かれている。

「シルヴィア姉様がルベーグ貝にとっても好かれてるというお話」

「ああ、あれね。……本当に困ったものだわ。どんなに勢いよく来られても、私はお断りよ。たとえ貝類の中で一番人気だとしてもね」

滅多に冗談を言わないシルヴィアが、もっともらしい顔できっぱり言ったので、クラリッサはますます笑ってしまった。

リュシアンは弾んだ足取りで馬車へと近づいて来た三姉妹を馬車へ乗せ、最後に自分が乗り込んだ。クラリッサもシルヴィアもリリーも、興奮を隠せない様子だった。

馬車の車輪がガラガラと回りだす。箱型馬車の窓のカーテンは全て開けられていた。

ゆるやかに流れ始めた外の景色を眺めながら、三姉妹は瞳を輝かせた。

——最初の休憩所まで、馬車の中は非常に賑やかだった。


移動の二日目、馬車の中は沈黙に包まれていた。

宿屋を出発して三時間ほど経った頃、リリーが青白い顔を上げる。

「……ねえ、お姉様。私が読んだ本には、『都会に慣れた人にとって、田舎は死ぬほど退屈な場所だ』って書いてあったんだけど、本当にそのフラム……フラムストム・コートって——」

「フラムステラ・コート」

シルヴィアがすかさず訂正する。リリーは不本意そうな表情で「どうもありがとう」と礼を述べ、続きを口にした。

「フラムステラ・コートって素敵な場所なの？」

都会に慣れた、というくだりにリュシアンは小さく噴き出した。オルティス家のタウンハウスとその周辺の店しか知らないはずのリリーの口から出ると、何ともませて聞こえる。

「お義兄様？」

リリーの瞳が物騒に光ったのを見て、リュシアンは慌てて咳払いをした。

「ごほっ……ごほっ。んん、悪い。ちょっと喉が変になったみたいだ」

「次の休憩で何かお飲みになった方がいいわね」

リリーは義兄の見え透いた嘘にも寛容に対応出来ることを示し、やれやれと首を振った。

「地図で見た時は、もっと近いと思ったのに。モーティマは遠過ぎるわ」

「そう遠いとは言えないわ。確かに近いとも言えないけれど、我慢出来ないほどではないでしょう？夕方前には着く予定だもの」

リリーの前に座ったクラリッサが、ちっともそうは思っていない顔で答える。

「お姉様の辛抱強さは、人並み外れているのよ」

リリーはぼやいたが、文句を言っても旅程が縮まるわけではない。仕方なく口を噤み、ガタゴトと揺れ続ける馬車の中で、何とか居心地の良い座り方を見つけようと頑張った。

隣でもぞもぞと動き続けるリリーに、日頃は温厚なシルヴィアまでが苛々し始める。

「少しでいいからじっとして、リリー。せめて五分でいいわ」

「だってものすごくお尻が痛いのよ、お姉様」

「あなただけが特別製の身体を持っているとでも？」

「二人ともやめて。リリー、脇のクッションを下に敷いてみたら？」

クラリッサが見かねて止めに入る。長姉の助言に従ったリリーは、ほっと目元を和らげた。

「ありがとう、お姉様。だいぶマシになったわ」

「――君達は、なんて言うか、本当に箱入りなんだな」

リュシアンは小声でクラリッサに耳打ちした。この程度の移動に音を上げていたのでは、とてもではないが外国船には乗れない。

「旅行自体、初めてなんですもの、大目に見て頂戴」

クラリッサがくたびれきった顔で囁く。

出立前は、カドリールでも踊りだしそうなほど元気が良かった三姉妹の萎れた姿に、リュシアンは何とも言えない気持ちになった。気の毒やらおかしいやら。……おかしい方が若干勝っている。

「はっか飴はどうだ？　少しは気分が良くなるかも」

リュシアンはポケットからキャンディの缶を取り出し、振ってみせた。こうなりそうな予感がして、あらかじめ買っておいたのだ。

「用意がいいのね。ありがたく頂くわ」

「私も欲しい」

「ありがとうございます、お義兄様」

彼女らが素直に差し出した手の平の上に、缶を傾け一つずつ飴を配っていく。大人しくはっか飴を舐め始めた三姉妹を眺め、リュシアンは一人楽しげに微笑んだ。

気兼ねなく文句を言い、軽い口喧嘩はしてもすぐに仲直り。こういう家族の何気ないやり取りに、彼はずっと憧れていたのだ。

「……お義兄様は短気な方だと思っていたけど、違ったのね」

カラコロと飴を転がしながら、リリーが感心したように呟く。シルヴィアも頷き、妹の意見に同意を示した。

「仕事では癇癪起こさないよう気を付けてるけど、基本的には短気だよ。でも今はすごく気分がいいから」

する。

「そうなの？」

クラリッサは目を丸くして問い返した。彼の機嫌が良くなるような出来事は何も起きていない気がする。

「大切な家族と過ごす時間は、それがどんなものでも俺は楽しいよ」

リュシアンは悪びれず答える。過去の古傷を知っているクラリッサはリュシアンを抱き締めたくなった。だが、妹二人の前でそうするわけにもいかず、そっと手を握るだけに留めた。リュシアンもすぐに彼女の手を握り返してきた。

親密な眼差しを交わし合う新婚夫婦を見て、シルヴィアとリリーは砂糖を吐きそうになった。

「お姉様、私もっと辛い飴を舐めたいわ」

「私もよ、リリー」

二人は顔を寄せ合い、こそこそと愚痴を零した。


シルヴィアとリリーにとっては苦行でしかなかった長距離移動の末、ようやくモーティマに入る。

フラムステラ・コートの姿が遠目に見えて来ると、リリーは途端に生気を取り戻した。

シルヴィアもピンと背筋を伸ばし、目前に広がる美しい景観に感嘆の眼差しを向ける。

モーティマは豊かな実りの秋を迎えていた。

うっそうと茂る森があちこちに散らばり、その上空では鳥の群れが飛び交っている。王都の空は重い青色なのだと、リリーはこの時初めて知った。淡く澄んだ水色の空に、ぽっかり浮かんだ雲の白いことと言ったら！

丘の上にそびえる灰白色の大きな館は、大理石の塊のように見えた。丘の下にはゆるやかな川が流れ、川の周りには黄金に染まった牧草地が広がっている。

王城を中心に蜘蛛の巣のような細かい路地が張り巡らされた王都では見られない光景ばかりだ。

オルティス家の屋敷と近所の日用雑貨店しか知らないシルヴィアとリリーですら、王都との明らかな違いに気づく。

「すごく静かなんだわ……」

リリーは目を閉じ、うっとりと言った。

ひっきりなしに石畳を駆け抜ける馬車の音や、物売りの呼び込みがない。近年とみに増えてきた工場の耳障りな稼働音も聞こえない。

代わりに耳に届くのは、木々の葉擦れの音、川のせせらぎの音、そして鳥の囀り。穏やかな自然がもたらす音は、どれも耳馴染みの良いものだった。

「四つも塔があるのね。お姉様は、あの塔には登ってみた？」

リリーが瞳を輝かせながら尋ねて来る。

クラリッサはおっとりと首を振った。

「いいえ、そんな暇はなかったわ。沢山の催しものがあったし、それに参加するので精一杯だったの。あんなに広いんですもの、フラムステラ・コートを探索するのはとっても面白そうね」

以前のクラリッサなら口にしそうにない台詞に、シルヴィアが目を丸くする。

「初めて訪問するよそのお宅を、勝手に探索するのは良くないと仰らないの？」

「公爵閣下のプライベートな場所に勝手に立ち入るのは、良くないことよ」

シルヴィアに向かって、クラリッサは片目をつぶってみせた。

「でも、滞在客を心から楽しませることだって、ホストとしての心得だわ」

リュシアンと結婚してからというもの、すっかり柔軟な考え方をするようになった長姉の言葉に、リリーが歓声を上げる。

「そうこなくっちゃ！　さぞ立派な図書室があるんでしょうね。塔にも登ってみたい。もちろん、歴代公爵の肖像画は全部探すわよ」

「最後の、それ楽しい？」

リュシアンがたまらず口を挟む。リリーはぱちぱちと瞳を瞬かせ、小首を傾げた。

「あら、お義兄様は楽しくない？　古いお家の系譜を見て、どんなドラマがあってそうなったのか想像を巡らせることほど、わくわくする遊びはないような気がするわ」

リリーの妄想癖はますます酷くなっているようだ。シルヴィアはまたか、という顔になったし、クラリッサは屋敷の図書室を監査していないことを思い出した。

リュシアンは、貴族子女向けのゴシップ新聞を創刊すれば売れるのではないだろうか、と仕事のことを考え始めた。

村の広場に面した通りに、最初の門があった。

門番が、オルティス家の御者と簡単なやり取りをした後、真鍮(しんちゅう)の門扉(もんぴ)を押し開ける。もう何台もの馬車を通した後なので、両開きの大きな門は片方が開いたままになっていた。

地面をならしただけの田舎道から、整備された石畳へと道が変わる。うっそうと茂った森を右手に眺めながら進むと、第二の門が現れた。そこではもう、馬車が停められることはなかった。

曲がりくねった道を進んで行き、ようやく丘の下に辿(たど)り着く。最後の門をくぐった先には、レンガ造りの大きな橋があった。橋を渡れば、いよいよフラムステラ・コートの本館前に到着する。

城館までの道のりも長かったが、決して飽きることはなかった。絶妙なタイミングで異なる趣向の景色を楽しめるよう、綿密に計算されているのだ。

橋の手前に差し掛かった頃、ようやく他の招待客の馬車の姿も見かけるようになった。

壮麗な城館の前で、クラリッサ達も馬車を降りる。流石のリュシアンも、この時ばかりは御者が踏み台を持って来るのを待った。

外に出たクラリッサは、まず大きく深呼吸した。ひんやりと澄んだ空気には、収穫を迎えた林檎(りんご)の香りが混じっている。何とも爽やかな空気に、清々(すがすが)しい気持ちになる。

「腰を思う存分伸ばせるって、こんなに素晴らしいことだったのね」

しみじみと言うリリーに、シルヴィアとリュシアンが同意する。

クラリッサにももちろん異論はなかった。

同じ旅程を進んで来た使用人達もさぞ疲れたことだろう。たっぷり労(ねぎら)ってやらなければ、と後続の馬車を振り返る。ところが、姿を見せた従者やメイドらはキラキラと輝く表情で辺りを見回していた。

彼らにとっては、憧れどころではない場所だ。素晴らしい城館に足を踏み入れる興奮で旅の疲れは消し飛んでいる。

「ようこそおいで下さいました」

そこへ、初老の男性が近づいて来る。彼はクラリッサの前で恭(うやうや)しく腰を折り、丁寧に名乗った。

「オルティス侯爵様、そしてご家族の皆様。私、家令のダンフリーズと申します。この度のパーティで何かございましたら、どんなことでも、どうかこの私にお申し付け下さいませ」

数年前にも同じ挨拶(あいさつ)を受けた覚えがある。ダンフリーズは、公爵に領地管理を任されている高位の使用人だ。今回のハウスパーティも、実務面は全て彼の管理下にあるのだろう。

「こちらこそ、何かと世話をかけてしまうでしょうが、どうかよろしくお願いします。ミスター・ダンフリーズ」

クラリッサも丁寧に挨拶を返す。家長に倣(なら)うべく、二人の妹は軽く膝(ひざ)を折り、リュシアンも帽子を持ち上げ会釈した。

相応の敬意を払って貰えたことに満足した家令は、心の中でオルティス家の名前の上に丸を付け、彼らには最上のもてなしを供しようと決めた。

クラリッサは、成金の平民をたぶらかして自分に貢がせ、窮地から脱したやり手の女侯爵だと噂(うわさ)になっている。そんな噂のある女性を格式あるハウスパーティに呼ぶのはどうか、と眉を顰める者も少なからずいるだろう。だが主人であるデュノア公爵は、招待客リストからオルティス家の名前を消してはならない、とダンフリーズに指示してきた。

ダンフリーズの記憶の中のクラリッサも、噂からはかけ離れていた。男をたぶらかすどころか、部屋の隅でひっそりと過ごしていたような気がする。流行遅れのドレスを纏った痩せぎすの令嬢に声をかける男は少なかったし、彼女も母親と過ごしている時の方が楽しそうだった。

微笑んでいる時でも薄幸そうに見えたクラリッサだが、今では見違えるほど美しい大輪の花となっている。

ダンフリーズは少し離れた場所で待機していた従僕を呼ぶと、オルティス家一行を丁重に案内するよう申し付けた。

城館の玄関ホールを形容するなら、圧巻の一言に尽きる。

半円形の高い天井を彩るのは、金箔で縁どられた細密画。点在する採光窓の窓枠にも、優美な意匠が施されている。壁を覆うタペストリーは豪奢だし、棚上に飾られている壺はどれも非常に高価そうだ。立派な暖炉の上には、沢山の絵画が架かっていた。

「見ろよ、リリー。早速肖像画があるぞ」

リュシアンが長身を屈め、リリーに耳打ちする。

「ほんとだ！　あとでこっそり見に来るわ。今は人が多いから無理だもの」

他の招待客も割り振られた部屋に移動している真っ最中で、城館全体が浮き立っている。それぞれの使用人達も主人の後に続いている為、移動の途中で立ち止まることは出来なかった。

「確かに。それにしても、名前が書いてないのは残念だな。誰が誰だか分からない」

「そうなのよ。お義兄様なら分かって下さると思った。肖像画には必ずネームプレートをつけるよう、法律で決めて欲しいわ」

　リリーの冗談に、クラリッサとシルヴィアまで噴き出しそうになる。

　お互いの肩を小突き合って忍び笑いを洩らすリュシアンとリリーに、案内の従僕までつられて頬を緩めた。

　これまた見事な彫刻が施された壁面を眺めながら、一行は瀟洒なデザインの階段を登って行く。

「こちらでございます。妹様方は、隣の部屋をお使い下さい。お連れの方々の寝室は向かい側になります。向かい側の部屋の呼び鈴は、右の紐を引けば鳴ります。左の紐を引いて下されば、当家のメイドが御用を伺いに参ります。何か御入りのものがあれば何時でも鳴らして下さって構いません」

　案内人は、部屋の説明をした後、深くお辞儀をして部屋を退出していった。

　オルティス家に与えられた客用寝室を見て、クラリッサはホッと胸を撫で下ろした。

　デュノア公爵に歓迎されていることが分かったからだ。もしもクラリッサが断ることを前提として招待状を寄こしたのなら、ここまで立派な部屋は与えないだろう。

　青を基調として纏められた部屋の奥には、天蓋付きの大きなベッドが設えられている。小ぶりなローテーブルに、一人掛けソファーが二脚。書き机まである。窓の近くに置かれた花台には、秋咲きの薔薇が飾られていた。備え付けのクローゼットは、何十着ものドレスがかかりそうなほど広い。

長期間の滞在を快適に過ごせるよう、しっかり配慮された部屋だ。

「私達の部屋は、上品なピンク色で統一されていたわ。ベッドも二台置いてあるし、どちらのカバーの柄もすごく可愛いの！」

旅装を解き、午後のドレスに着替えたリリーが、いそいそと報告しに来る。

シルヴィアは少し横になりたいと、姉に許可を求めた。

「もちろんいいわよ。夜まで予定はないもの、ゆっくり休んで」

「ありがとう、お姉様。リリーのお守りが出来なくてごめんなさい。頭がぐらぐらするの」

「馬車に酔われたのね。可哀想だから、失礼な発言は許してあげるわ」

すかさずリリーが腰に手を当て、言い返す。シルヴィアは妹に顰めっ面を返し、おぼつかない足取りで部屋を出て行った。

今夜は、公爵主催の晩餐会がある。未成年のリリーは出られないが、シルヴィアは招かれていた。欠席は許されない大きな催しなので、今のうちに疲れを取っておいた方がいい。

部屋に落ち着いたことで、張りつめていた気がふっと緩む。クラリッサも全身の怠さを感じた。

「私達もお昼寝しましょうか？」

今にも瞼を閉じそうなクラリッサとは違い、リュシアンは全く疲れていなかったが、愛妻の寝顔を眺められる機会を逃すつもりはない。

「もちろん。俺が君を寝かしつけてあげる」

「じゃあ、私は——」

リュシアンと同じく元気なリリーが、弾んだ声でこれからの予定を発表しようとする。リュシアンはそれを遮り、首を振ってみせた。

「うろついていいのは館の中だけだぞ、リリー。もう陽が落ちかけてきてるし、外は明るい時でも一人で出たらダメだ。あと、人気のない部屋もダメ。探検なら皆でしよう。分かった？」

まだ十五歳とはいえ、リリーは女性だ。か弱い少女に悪戯を仕掛ける不届き者が、この城館にいないという保証はない。

二人の妹に対し、リュシアンはすっかり父親のような気持ちになっている。彼のいない隙にシルヴィアやリリーを傷つける者がいたら、全力で報復すると決めていた。

「分かったわ。皆に心配をかけるような真似はしません。でも、玄関ホールはいいでしょう？」

義兄の姉に対する過保護っぷりを知っているリリーは、無駄な抵抗はしなかった。代わりに、行きたい場所を主張する。

「玄関ホールだけなら、……まあ、うん。ギリギリ大丈夫だろ。知らない人に声掛けられたら、すぐに逃げて来るんだぞ」

玄関ホールで、ギリギリなのか。リリーは遠い目になった。

「相手が公爵閣下だったら、私はとんだ無礼者ね」

リリーはぼやきながら、足早に部屋を出た。これ以上の条件を出されては堪らない。

リュシアンは、末妹の世間知らずっぷりを訴えようと、クラリッサを振り返った。

部屋着に着替えた彼女は、髪からヘアピンを抜いているところだった。彼がリリーと話している間にメイドは下がらせている。部屋にはリュシアンと彼女しか残っていなかった。

クラリッサはベッドに腰掛け、手鏡を片手に持った体勢でヘアピンと格闘していた。

「貸して」

リュシアンはクラリッサに近づくと、彼女の手から鏡を取り上げた。

それから、丁寧な手つきで結い髪を解いていく。

「最後までメイドにして貰えば良かったのに」

クラリッサは、必要以上に使用人の手を煩わせることを嫌がる。遠慮しているのか、それとも他に理由があるのか。リュシアンには分からないが、他人になかなか甘えることの出来ない不器用な彼女が、愛おしくてならない。

そんなクラリッサが我儘を口にするのは、リュシアンに対してだけ。それがどれほど幸せか、とても口では言い表せない。

「皆も早く自分の荷物を片づけたいでしょうし、ピンくらい自分で抜けるもの」

妻からは案の定な答えが返ってきた。口ではそう言いながらも、クラリッサはされるがままになっている。それどころか、脇に立ったリュシアンの腰に手を回し、腹にこてんと額を押し当ててきた。

可愛い、と叫びたい気持ちを必死で抑え込む。

抱き締め、押し倒し、口づけたい衝動にも耐えた。

夜には晩餐会がある。クラリッサはひと眠りし、夜に備えると言っていた。

リュシアンは心の中で晩餐会を呪いながら、抜いたピンとリボンを一つに集め、サイドテーブルの上に置いた。

「はい、出来たよ。奥さん」

「ありがとう、旦那様」

クラリッサが眠たげな表情のまま、ふんわりと微笑む。

「うわ、やっぱ無理。可愛過ぎ！」

リュシアンの自制心は、あっという間に吹き飛んだ。

唖然(あぜん)としたクラリッサを押し倒し、ぎゅうぎゅうに抱き締める。本当は、手加減なしに思い切り抱き締めたかったが、クラリッサが苦しいのは嫌だ。

リュシアンは腕の力を緩め、彼女の頭に頬を寄せた。邪魔な帽子もリボンも髪飾りもないので、思う存分なめらかな髪の感触を楽しむことが出来る。

クラリッサは、大型の猫さながらに擦(す)り寄って来る夫の背中に手を回し、優しく撫でた。

「急にどうしたの？　もしかして、甘えてるの？　可愛いのは、リュシアン様の方だわ」

彼の腕の中で、クラリッサがくすくす笑う。

「ずっと皆一緒だったろ？　それはそれで楽しかったけど、クラリッサが足りないんだ」

「……私も」

クラリッサはうっとりと瞳を閉じて言った。

「私も、リュシアン様が足りない」

愛らしくも率直な返答にリュシアンはたまらなくなった。衝動のまま口づけようと、クラリッサの顎に指をかけ――がくりと肩を落とす。

クラリッサは、すやすやと寝息を立てていた。無防備で安らかな表情に、愛しさとやるせなさが込み上げる。彼女が瞳を閉じたのは、リュシアンのキスを受け入れる合図ではなく、単に眠かったからだった。

リュシアンも仕方なく目を閉じることにした。ちっとも眠くはないが、クラリッサの温もりを感じながら休憩するのは悪くない。

それから三時間後――。

クラリッサとシルヴィアは晩餐会に出る為の支度に追われていた。

風呂に浸かって髪を洗い、メイド達にドレスを着せて貰う。ドレスを着た後は化粧台の前に移動し、髪を念入りに梳かれた。メイドらはクラリッサの長い髪を複雑に結い上げ、化粧を施した。

クラリッサのドレスの袖は肘までの長さで、裾に向かってゆるやかに広がっている。襟ぐりは大きく開けられ、白いデコルテとネックレスを引き立てるデザインだ。上品なサテンベージュを選んだのは、父の遺したサファイアの青が綺麗に映えると思ったから。

クラリッサの見立ては正しかった。

鏡の前に立ったクラリッサは、正装した自分の姿にまじまじと見入る。大粒のサファイアの輝きにも見劣りしない貴婦人が、そこには立っていた。

「本当に綺麗。とっても素敵よ、お姉様」

同じタイミングで支度を終えたシルヴィアが、クラリッサの隣に立って褒めてくる。

「それにこの香り……。お姉様らしい良い匂いだわ」

そう言って大きく息を吸うシルヴィアも、淡いピンク色のドレスがよく似合っている。身体にぴったりと沿う大人びたデザインがすらりとした身体を引き立て、薔薇の精さながらの可憐さだ。

「シルヴィアもよ。お母様達にも見せたかったわ。こんなに美しく成長したのよ、って。お父様は特に何も仰らないでしょうけど、内心は得意になったでしょうね」

クラリッサは感傷に突き動かされ、思わずそんなことを口走ってしまった。シルヴィアの瞳があっという間に潤む。クラリッサは慌てて話題を変えた。

「どんなお料理が出て来るか楽しみね。沢山は食べられないでしょうけど」

紐で思い切り締めつけられた哀れなウエストを思って言うと、シルヴィアは眦をハンカチで押さえながら頷く。

「ええ。お昼寝して正解だったわ。あの状態でこのドレスを着せられたら、間違いなく息が止まったはずですもの」

顔を見合わせて溜息をつく二人の姉に、ソファーに座って高みの見物を決めていたリリーが声をかける。

「二人ともすっごく綺麗よ。楽しんできてね」

やけに嬉しそうなリリーの様子に、シルヴィアは首を傾げた。

「ありがとう。でも一人で大丈夫？　一緒に行けなくて残念だと思っていたのだけど……」

「私は平気よ。お部屋に夕食を運んでくれるのですって。楽なドレスで人目を気にせず、お腹いっぱいになるまで食べるわ」

リリーは元気よく答えた。彼女が楽しみにしているのは、実は食事ではない。昼間は人が多く、玄関ホールに架けられた肖像画をゆっくり眺めることが出来なかったのだ。

晩餐会が始まってしまえば、使用人達の多くは大食堂での給仕にかかりきりになる。客人もそちらに集まり、玄関ホールは無人になるだろう。さっさと食事を終え、今度こそ心ゆくまであの素敵な空間を楽しもう。リリーは固く決意していた。

「私達がいないからと言って、夜更かしはダメよ、リリー。あなたはお昼寝もしていないのだし、いつも通りの時間にベッドに入ること。——どうかよろしくね、カレン」

クラリッサは傍らに控えたリリー付きのメイドにお目付け役を頼んだ。

話が終わるタイミングを見計らったように、扉がノックされる。リュシアンが迎えに来たようだ。

「はい、お館様。いってらっしゃいませ」

「おやすみなさい、お姉様方」

リリーはぴょこんと立ち上がり、メイドの隣に立って手を振った。

リュシアンは、部屋から出て来たクラリッサとシルヴィアを大げさなほど褒めてくれた。

「二人ともよく似合ってるし、本当に綺麗だ」

「ドレスから何から、一式揃えて下さったお義兄様のお蔭だわ。本当にありがとうございます」

すっかり照れてしまったシルヴィアが、早口で言う。

「大したことじゃないよ。礼を言うなら俺の方だ。デュノア公爵に紹介して欲しいって我儘を聞いて貰ってる。移動きつかったろ？　ごめんな」

「そんな……！　どうか謝らないで下さい。ハウスパーティなんて、私には一生縁がないと思っていたんですもの。良い思い出になるように沢山楽しむつもりです」

シルヴィアは、ゆくゆくはオルティス家の屋敷を出なければならないことを理解していた。次のオルティス侯爵は、従兄弟が継ぐだろう。『侯爵の妹』という肩書を失うシルヴィアは、準貴族の身分に落ちる。

そのこと自体は何とも思っていないが、そうなれば二度とフラムステラ・コートに滞在する機会はないということも分かっていた。

「そう言ってくれるとありがたい。困ったことがあったら、何でも言って。今は俺が君の保護者なんだから」

リュシアンは励ますようにそう言った。

シルヴィアはこくりと頷き、改めて周りを見てみた。着飾った御婦人方が、立派な身なりの紳士を伴い、ゆったりと応接間に向かっている。彼らはちら、とシルヴィア達を見て、すぐに視線を逸らした。興味はあるが、自分から近づくつもりはないようだ。

中にはシルヴィアと同じ年頃の令嬢もいる。彼女達は、クラリッサとリュシアンの美貌に目を見張った後で、シルヴィアに視線を移す。挑むような目を向けて来る者もいれば、好奇心に溢れた眼差しで見てくる者もいた。総じて、友人にはなれそうもない。

応接間の扉脇には、黒のお仕着せに着替えたダンフリーズが立っていた。

「オルティス侯爵夫妻がおいでになりました」

ダンフリーズは部屋の中に声をかけ、恭しく一礼する。クラリッサ達も軽く会釈を返し、扉をくぐった。先に入るのは、クラリッサだ。次にシルヴィア、そしてリュシアンの順に入室していく。

クラリッサは、内心酷く緊張しながらデュノア公爵夫妻に近づいた。目下の者からの声掛けは許されていない為、軽く膝を折った後、閣下の言葉を待つ。

それはほんの数秒のことだったが、クラリッサにはもっと長い時間に思えた。

「フラムステラ・コートへようこそ。お父上のことは残念だった。悔みと祝いが同時になってしまうのは何とも奇妙な感覚だが、めでたいことに変わりない。結婚おめでとうございます、オルティス卿」

豊かなバリトンで『オルティス卿』と呼ばれたことに、クラリッサは動揺した。これまでその名で呼ばれてきたのは父だった。だがその父は、もうどこにもいない。

俯きかけたクラリッサの視界に、深いブルーの煌めきが飛び込んでくる。首を飾るネックレスがシャンデリアの明かりを反射し、キラキラと輝いていた。

――『クラリッサにはサファイア』

弱々しい筆跡が脳裡をよぎる。そうだ、父はもういない。だが父の遺した想いをクラリッサはしっかり覚えている。今のオルティス卿は、クラリッサだ。

彼女は背筋を伸ばし、堂々とした態度で口を開いた。

「お招きありがとうございます、閣下。そして、お悔みとお祝いにも感謝致します。お言葉に甘え、図々しくも家族で押しかけてしまいました」

型通りの挨拶を返すと、公爵は頷き、視線をクラリッサの後ろへ向けた。

「ご家族を紹介して貰っても？」

デュノア公爵の言葉に、公爵夫人は身じろぎした。まさか夫が平民の名を尋ねるとは思ってもみなかったのだ。公爵を見つめる夫人の顔にはでかでかと『正気なの、あなた！』と書いてある。

クラリッサは心底、ホッとした。公爵から尋ねてくれなければ、クラリッサ側からリュシアンを紹介することは出来ない。仕事の話が出来るかどうかまでは分からないが、まずは大きな難関を突破したと言って良いだろう。

「もちろんです、閣下。こちらは妹のシルヴィア、そしてこちらが夫のリュシアン・マイルズです」

「初めまして、シルヴィア嬢。ミスター・マイルズ」

シルヴィアがまず手を差し出し、軽い挨拶を交わす。

リュシアンは賢明にも口を噤み、公爵閣下が手を差し出すのを待った。出された手を軽く握って挨拶を返すと、すぐに姿勢を正す。

マナー通りの対応をしたリュシアンを見て、公爵夫人は瞳を瞬かせる。よくよく観察してみれば、彼の服装や身のこなしは、夫人が馴染んだ上流階級のものだ。だが付け焼刃の知識しか持っていないのなら、すぐにボロが出る。公爵夫人はその後もさりげなくリュシアンを観察し続けた。

侯爵は、夫人にもシルヴィアとリュシアンを紹介した。先ほどと同じ挨拶が繰り返される。

リュシアンは夫人をさりげなく褒める言葉を一言添えた。これもクラリッサとのマナーレッスンで教わったことだ。いわく、女性は必ず褒めるべし。ただし、やり過ぎは厳禁。

容姿に優れたリュシアンが、華やかな笑みを浮かべながら口にした褒め言葉の効果は抜群だった。

――リュシアン・マイルズは、粗野で物知らずな人間ではない。

のちに公爵夫人は周りの取り巻きにこう語り、クラリッサの目の高さを褒めた。

「あれほどの資産家を、それもあれほど美しい方を射止めたのですから、オルティス卿も大したものよ。爵位はご自身がお継ぎになればいいんですものね」

クラリッサ達が、デュノア公爵夫妻と和やかに歓談する様子を見て、他の招待客も考えを改めたようだ。それまでは近づきもしなかった面々が、次々に話しかけて来る。

伯父(おじ)のホランド公爵と彼の息子であるマクレーン子爵もまた、たった今、クラリッサ達に気づいたというような表情を浮かべてやって来た。

「ごきげんよう、クラリッサ」

「ご無沙汰しております、伯父様」

お互い外面だけはにこやかに挨拶を交わし、おざなりな近況報告に移る。

結婚適齢期の真っただ中にいる従兄弟のウェイン――マクレーン子爵は、今シーズンで一番人気の花婿候補だった。クラリッサ達と話している最中にも、遠くから多くの令嬢の熱い視線が飛んでくる。

クラリッサとリュシアンが、ホランド公爵の相手をしている間、ウェインはシルヴィアに目を留め、親しげに話しかけてきた。

「僕もいい加減、身を固めたいと思ってるんだ。シルヴィアもそろそろ考えないといけないよね。良ければ、僕の友人を紹介するよ。このパーティに呼ばれているのはごく僅かだけど、王都のパーティにはもっと沢山来てる」

　血の繋がりはあっても、ウェインとシルヴィアが顔を合わせたのはこれが初めてだ。それなのに、やけに馴れ馴れしく話しかけて来る従兄弟に対し、シルヴィアは不快感を覚えた。自分は選ばれた側の人間だと誇示するような言い回しも鼻につく。

「いえ、私は結構です。お気持ちだけありがたくお受けいたしますわ」

どう断れば失礼にならずに済むのか分からず、精一杯かしこまって答える。

　遠まわしの拒絶には気づかないのか、それとも断れる立場ではないと馬鹿にしているのか――シルヴィアには判断がつかなかったが――ウェインはにこやかに続けた。

「そんなに遠慮しなくても大丈夫だよ。君の義兄が成り上がりの実業家でも気にしない男だって、探せばいるだろうし」

「私の義兄を侮辱するおつもりですの？」

シルヴィアはぴしゃりと言い放った。まさかそんな答えが返って来るとは夢にも思わなかったウェインは、あっけに取られる。

「いや、僕は別に……」

「そのおつもりがないのなら、口を閉じてはいかがかしら」

シルヴィアは更に追撃した。日頃は滅多に癇癪を起こさない彼女だが、この時ばかりはどうしても我慢が出来なかった。

何も知らない癖に。

貧しかった頃のクラリッサの苦労を思い出す。三姉妹がどれほどの苦境に立たされているか、彼も彼の父親も知ろうとさえしなかった。オルティス家の人間にはこれまで一切興味を示さず、僅かばかりの施しだけ与えて放置してきた癖に、社交界へ返り咲いた途端に訳知り顔で近づいて来るなんて。

追い詰められていた長姉を救ってくれたのは、リュシアンだ。シルヴィアとリリーに手を差し伸べてくれたのも――。その義兄を、何も知らない従兄弟に馬鹿にされたくない。

「随分な言われようだな。すっかり嫌われてしまったみたいだし、僕は退散した方がいいね」

ようやく体勢を立て直したウェインは、嫌味っぽく言うと、わざと慇懃(いんぎん)に一礼して去って行く。

息子が立ち去ったことに気づいたホランド公爵も、クラリッサ達との会話を切り上げた。

伯父親子がいなくなった後、クラリッサはシルヴィアに肩を寄せ、小声で話しかけた。

「ありがとう、シルヴィ。リュシアン様の名誉を守ってくれて」

「……ごめんなさい、お姉様。初日からこれじゃ、先が思いやられるわね」

社交界で人気の高いマクレーン子爵に、真っ向から喧嘩を売ってしまった。これで、最低今シーズンの間は、シルヴィアと積極的に友好を結ぼうとする若者は男女を問わず現れないだろう。

「君が謝ることじゃない。俺は何を言われても平気だけど……でもあんな風に庇(かば)って貰えるのはやっぱり嬉しいものだな。ありがと、シルヴィ」

二人とも、実はこっそり聞き耳を立てていた。助け舟を出す間もなく、シルヴィアは自分でいけ好かない男を追い払ってしまったわけだが。

シルヴィアは喜びで胸がいっぱいになるのを感じた。大好きな姉夫婦が味方でいてくれるのなら、彼女に怖いものはない。

「晩餐の支度が整いました」

応接室の入口に、再びダンフリーズが現れる。

デュノア公爵夫人の指示のもと、男女がペアとなって大食堂へと移動することになった。

基本的に夫婦や親子、兄妹でのペアは作られないものだが、クラリッサ達はまだ新婚だからと一緒にして貰えた。シルヴィアはどうかと言えば、伯爵位を継いだばかりの若い男性と組まされた。

公爵夫人が互いを引き合わせ、簡単な紹介をする。シルヴィアはこれ以上の失敗をすまい、と丁寧に振る舞った。青年伯爵も適切な距離を取って、シルヴィアに接する。

ぎこちなくはあるが、礼儀正しい二人の様子を見て、クラリッサは目元を和らげた。

「……ここまでは何とか乗り切ったわね、リュシアン様」

声をひそめ、隣を歩くリュシアンに話しかける。

「ああ。君のお蔭だ。食事のマナーもばっちり覚えてるから、大丈夫。大食堂に入る時は手袋を外して、出る時にまた嵌(は)めるんだよな」

「ええ、そうよ。食事の後、男女に分かれて歓談する時間があるって話したでしょう？　閣下と仕事の話をする約束を取り付ける機会があるとするなら、その時だと思うのだけど……」

瞳を伏せて思案するクラリッサに、リュシアンは自信たっぷりに微笑んでみせた。

「それ以上は俺の仕事だから、君は気にしなくていい。たとえ上手く行かなくても、それはそれだから、変に気にしないこと。分かった？」

クラリッサの苦労性を把握しているリュシアンが、しつこく念を押して来る。結婚前に同じようなことを言われた時は、疎外感を覚えて寂しくなった。

だが今は、くすぐったくて仕方ない。リュシアンが何より守りたいのはクラリッサの心なのだと、もう彼女も知っている。

「分かったわ、リュシアン様」

「ならよし」

リュシアンは満足そうに答えた。

フラムステラ・コートの晩餐は、評判通り非常に豪勢だった。魚、鹿肉、鶏、子牛とメインが多く、コースが変わる度に最低四品は出て来る。更には高級ワインがそこに加わるものだから、晩餐が終わる頃には、招待客は皆満腹になるのだった。

締めくくりのデザートプレートを名残惜しく見つめながら、クラリッサはそっとナプキンで口元を押さえた。これ以上は一口だって入らない。ほんの少しずつしか口にしなかったというのに、ウエストを締めた紐はぎりぎりと身体に食い込んでいる。

全て綺麗に平らげ、なおかつケロリとしているリュシアンを見上げ、クラリッサは、はあ、と悩ましい溜息をついた。

「どうした？」

すぐにリュシアンが尋ねて来る。クラリッサは扇で口元を隠し、僅かに首を傾けた。

「早く部屋に戻ってこのドレスを脱ぎたいわ」

「……えっ」

ワインの杯を重ねても赤くならなかったリュシアンの頬が、ほんのり染まる。

「いや、それはすごく嬉しいけど、でも俺は閣下に話を……話は明日でもいいか」

「あら、それは駄目よ」

クラリッサは急に予定を変えようとし始めた夫に、驚いた。

「明日の早朝、閣下は遠乗りに出掛けるかもしれないって話していらしたわ。それに誘って頂けたら、お仕事の詳(くわ)しい話が出来るもの。今夜は早めに休みましょうね」

「ええ～……」

リュシアンが悄然(しょうぜん)と項垂(うなだ)れる。

「ご馳走(ちそう)を目の前で取り上げられるの、辛い」

「まだ入るの？　リュシアン様の胃袋って、すごいのね……」

クラリッサは感心したが、晩餐会が終わった後、自分の盛大な勘違いについて身をもって知らされることになった。

ちなみにデュノア公爵は、「仕事の話をさせて頂きたい」というリュシアンの申し出をあっさり受け入れた。

「明日の午前中、時間を作ろう。私の書斎で詳しい話が出来たらどうかと思うのだが」

想定外の返答に一瞬意表を突かれたリュシアンだが、すぐに気を取り直し、「それでお願いします」と頷く。鉄道計画についての提案書はしっかり持参して来ている。財務管理の専門家を招き、アレックスと三人で議論を闘わせながら練り上げた自信作だ。

見る目のある者なら、話に乗らない方が損だと分かるはず。

リュシアンには勝算が見えていた。そしてデュノア公爵もまた、好機を逃さない男だった。

クラリッサ達が大食堂へ移動した頃、リリーはするりと部屋を抜け出した。

リュシアンの言いつけを破るつもりはないので、メイドのカレンも一緒だ。

「お嬢様、本当にこんなことしていいのですか？　お館様は、部屋で休めと仰いました」

「いつもの時間に休め、と仰ったのよ。大丈夫、二十一時までには戻るから。それとも、部屋で待っている？」

「まさか！　お嬢様から離れるつもりはありませんからね！」

カレンは勢いよく拳を握りしめ、覚悟を決めてリリーの伴（とも）をすることにした。

カレンはクラリッサの結婚後にオルティス家へやって来た新参者だ。養成学校を出たばかりのカレンにとって、オルティス家は初めての奉公先だった。経験の浅いカレンがベテランのメイドを差し置いてフラムステラ・コートへ来ることが出来たのは、ひとえにリリーと年が近いから。リリーの話し相手兼お目付け役として選ばれたのだと、カレン本人も分かっている。

「やっぱり！　見て、誰もいないわ」

静まり返った玄関ホールに、人の気配はない。階段を下りて来る間も、誰ともすれ違わなかった。まだそこまで夜は深まっていない時間だが、『秘密の探検』と呼ぶのにふさわしい状況に、リリーの胸が高鳴る。

「これほど立派な城館ですもの、色んないわくがあるのでしょうね」

「お嬢様、そんな恐ろしいことをそんな嬉しそうに仰らないで下さい。……静か過ぎて、気味が悪いです」

「確かに暗いわね。燭台を持って来て良かったわ」

「落として絨毯を燃やさないで下さいね、お嬢様」

心配性なカレンがいちいち混ぜ返して来るが、リリーは不思議とそれに苛立たなかった。おっかなびっくりな歩き方といい、震える声といい、カレンが本当に怖がっているのが分かる。それでもリリーから離れようとしないのは、自分の仕事を失いたくないからだろう。リリーはカレンが気の毒になった。だが自分付きのメイドになったからには、ある程度の我慢はして貰わねばならない。

「分かった。悪霊になった騎士に手首を切り落とされない限り、燭台を落とさないと誓うわ。もし幽霊が出ても、私がカレンを守ってあげるから大丈夫よ」

「いやですよぅ……！」

リリーの励ましは逆効果だった。ますますカレンが震えあがる。

「ほ、ほらお嬢様。肖像画ですよ。これ見たら、帰りましょうね！」

「ええ。でもただ来た道を帰るのでは芸がないと思わない？　せっかくだもの、ちらっと塔の方を通って帰るのはどうかしら」

「帰り方に芸が必要ありますか！　ちらっとという距離でもありませんっ！」

高い天井には声がよく響く。カレンは声量を抑える代わりに息を多くして、切羽詰まった感を出すという芸当を披露してみせた。テンポ良い突っ込みに、リリーは思わず笑ってしまう。

「ほら、お嬢様。笑って私の顔眺めてたって、何も出やしませんよ。早く肖像画を見て下さい。ほら、ほら！」

カレンに背中をつつかれ、仕方なく肖像画に意識を向ける。

リリーが一番好きなのは、家族が集合した構図の肖像画だ。だが玄関ホールに飾られている肖像画の多くが、個人を描いたものだった。今眺めている中年女性の肖像画には、膝に乗せた猫さえいない。

「猫がいなきゃ駄目なんですか？」

カレンが暗闇にびくびくしながら聞いて来る。

「猫じゃなくてもいいのよ。小鳥でも、馬でも。こんな風に澄まして正面を向いているだけじゃ、面白くないんだもの」

リリーは燭台を持ったままツンと顎を反らし、背後の肖像画のポーズを真似て見せた。

「じゃあ、玄関ホールにはお嬢様の気に入るような肖像画はないってことですか？」

カレンが疲れた声で尋ねる。

「表情に惹かれるものがあれば、また別よ。物憂げな女性とか、怒ったように見える紳士とかね。どうしてそんな顔をしているのか、気になるもの」

「画家の筆が遅すぎたんでしょう」

カレンの容赦ない即答に、リリーはついに噴き出してしまった。

「もうっ。カレンったら笑わせないで」

「笑わせるつもりは全くないんです、お嬢様。ただ早く戻りたいだけなんです」

切々と訴えるカレンの気持ちを汲み、リリーは譲歩することにした。全部の肖像画を眺めたかったが、この広い玄関ホールの隅々までじっくり見て回るのは、暗闇を怖がるカレンには過酷過ぎる試練だ。

「じゃあ、あと一枚だけ。確か、兄妹らしい二人が描かれてるものがあったと思うの。それを見たら帰るわ」

リリーの提案を聞いたカレンの行動は早かった。

「どの辺にありました？　――暖炉の上？　分かりました、早く行きましょう」

先ほどまでのへっぴり腰はどこへやら、カレンは大股の早歩きでずんずんホールを突っ切って行く。

リリーのお目当ての肖像画を先に発見したカレンは、リリーから燭台を預かると、精一杯腕を伸ばして絵画に蝋燭の光を当てた。

「私が照らしてますから、お嬢様は心ゆくまで妄そ……鑑賞して下さい」

「ありがとう、カレン。あなた本当に良い人ね！」

リリーは心からの礼を述べると、じっくり肖像画に見入った。

来たばかりの時にチラと見た時は、兄妹だと思ったが、もしかしたら婚約者同士なのかもしれない。まだ十代に見える少年は、精一杯畏まってまっすぐ前を見据えている。凛々しい少年の脇の椅子に腰かけた少女は、こちらには目もくれず、じっと少年を見上げていた。彼女の眼差しには、憧れが滲んでいる気がする。この城館のどこかに大きくなった二人の肖像画があるだろうか。もしあるなら、その絵にはリリーの想像の答えが描いてあるかもしれない。

「とっても素敵な肖像画だったわ……」

部屋に戻る間、リリーはうっとりしながら抱いた感想をカレンに話した。

客用寝室が並ぶ階は、明るく照らされている。ようやく暗闇から遠ざかることが出来たカレンは、ホッとしながらリリーの感想に同意した。

「なるほど。もしそうなら、確かに面白いですね」

「でしょう？　義兄様は一緒に探索しよう、って仰って下さったけど、私に構っている暇はないと思うの。お仕事もあるし、本当はクラリッサお姉様と二人きりで過ごしたいと思っていらっしゃるに違いないわ。だから、その。――今夜みたいに、カレンが付き合ってくれたら嬉しいのだけど」

リリーはおずおずと切り出した。カレンはあっさり「いいですよ」と請け合う。

「えっ。いいの？　退屈じゃない？」

「お嬢様が？　まさか！　退屈だと感じる人がいるなら、それは冒険家くらいでしょうね」

カレンはきびきびと言って、付け加えた。

「その代わり、昼間だけです。夜は、部屋で出来る遊びをしましょう。いいですね？」

「ええ、分かったわ」

リリーは満面の笑みを浮かべて頷いた。

クラリッサがカレンを雇うと決めてくれて良かった。心の中で深く感謝を捧(ささ)げる。リリーはようやく友人と呼びたい相手を見つけることが出来た。今回はリリーの我儘に付き合って貰うが、次はカレンのしたいことに付き合おうと決意する。

勝手に主人から友人認定されたカレンは、この先風車よりも勢いよく彼女に振り回されることになるとも知らず、無邪気に喜ぶリリーを微笑ましく見つめていた。

二週間に渡る滞在を終えたクラリッサ達は旅支度を整え、再び城館の前に立った。
預けてある馬車を引き出して来て貰うまで、思い思いにあちこちを眺める。
リリーは結局、あの二人の別の肖像画を見つけることは出来なかった。
代わりに興味深い家族の肖像画を何枚も見つけたし、豪華絢爛(ごうかけんらん)という表現がぴったりな図書室に辿り着くことも出来た。フラムステラ・コートの図書室には、年配の感じの良い司書までいた。壁面を埋め尽くした本に圧倒されながら備え付けの梯子を上り、厚みのある背表紙に手をかけた瞬間の胸のときめきは忘れられない。

　塔は想像よりもそっけないものだった。ごつごつとした石階段を登り切った先にあったのは、ただの円状の空間だったのだ。ぐるりと頂上を取り囲んだ壁の隙間から外の景色を眺めようにも、壁の背が高過ぎて何も見えない。主人があんまりがっかりしたので、ステラは四つん這いになって踏み台になろうとしたが、リリーは慌てて彼女を止めた。

「お義兄様くらいの背があれば、ぐるりと領地全体が見回せて素晴らしい気分になれるんでしょうけど、私向きではなかったわ」

　その日の夕方、リリーから報告を受けたリュシアンは、翌日クラリッサを伴ない塔に登ってみた。確かに城館の他の場所に比べれば殺風景だが、もともとこの塔は、いち早く敵を見つける為の遠見用に作られたものだ。由来からして、淑女向きの場所ではない。

「この隙間に弓を置いてたんだろうな。なかなか上手く出来てる」

　リュシアンは瞳を輝かせ、壁面に作られた窪みを撫でていた。その後、他に誰もいないことを確認してから、クラリッサをひょいと抱き上げる。

「ほら、見て。通ってきた道があんなに小さい」

　クラリッサは全力でリュシアンにしがみ付きながら、恐る恐る下を覗いた。ミニチュア模型のように見える田園風景に、くらりと意識が遠のきそうになる。びゅうびゅうと吹き付けて来る風も怖かった。

クラリッサは掠れた小声で訴えた。リュシアンは急いでクラリッサをおろし、何度も背中を撫でる。

「ごめん、クラリッサは高いとこが苦手なんだな」

「ええ、そうみたい。私も今、初めて知ったわ」

「……笑っちゃ駄目だけど、なんか嬉しい。また君のこと、一つ覚えた」

リュシアンが屈託のない笑みを浮かべ、愛しげにクラリッサを見つめる。

クラリッサも負けじと彼を見つめ返した。

「私もこのハウスパーティで、リュシアン様のリストが一つ埋まったわよ？」

「リスト？」

不思議そうに首を傾げるリュシアンに向かって、クラリッサはリストを作ることになった経緯について説明した。彼との結婚を決めた時、あまりにリュシアンのことを知らないと不安になり、知っていることをリストアップしたのだと白状する。

「そうだったんだ。ほんとあの時はごめんな」

リュシアンは申し訳なさそうに謝った後で、好奇心を抑えきれず問いかけた。

「で？　そのリストってどんなやつ？」

「――船酔いはしない。外国語が得意。アレックス様とは幼馴染。秘密主義。読書する時は眼鏡をかける」

リュシアンと共に塔を降りながら、クラリッサは一つずつリストを挙げていった。リュシアンはしっかりとクラリッサの手を握り、彼女が急な階段から転がり落ちないよう見張っている。

「君の口から自分のこと聞くの、新鮮で楽しい」

ようやく半分まで降りたところで一度立ち止まり、リュシアンは明るく感想を述べた。

「それなら良かった」

「新しく加わったリストって、俺の眠りが浅いってやつ？」

「いいえ、今回発見したのは、『リュシアン様は紅茶よりコーヒーが好き』の方よ」

クラリッサが言った途端、リュシアンはげほげほと噎せた。完全に不意を突かれて、しどろもどろになる。クラリッサは紅茶が好きだし、コーヒーはどちらかと言えば庶民の飲み物だ。精一杯かっこつけていたのに、どこでバレてしまったのだろう。リュシアンはめまぐるしく考えた。

「え、いや、紅茶も嫌いじゃない……ですよ？」

「本当は？」

クラリッサが優しく目を細め、尋ねて来る。リュシアンは白旗を上げるしかなかった。

「……本当はコーヒーがめちゃくちゃ好きで、会社ではそればっか飲んでる」

「そんなに好きなら、家でも用意しておくわ。私も試してみようかしら」

朝や昼、食後に供される飲み物を口にする度、リュシアンはどこか物足りない顔をしていた。紅茶とコーヒー、ポートワインが選べる時には決まって紅茶を頼むが、クラリッサが婦人の集まりに出ている間は必ずコーヒーを頼んでいることに、とあることがきっかけで気づいたのだ。

「どうやって見抜いたわけ？」

リュシアンが悔しげに尋ねて来る。クラリッサは少し迷った後、誤魔化さず教えることにした。隠しておくほどの理由ではないし、何より彼との間に秘密を持ちたくない。いくばくかの恥ずかしさはこの際、我慢しなければ。

「リュシアン様、今はあの飴、お持ちじゃないかしら？」

「あの飴？　……ああ、持ってるよ。ほら」

リュシアンは無造作にポケットをまさぐり、ハッカ飴の缶を取り出した。

「妹が二人もいるなら、飴は常に持っておくべきだってアレックスに忠告されたんだ」

「まあ。煩くなったら、口に放り込めってことかしら」

クラリッサが笑いながら、手を差し出す。リュシアンは不思議に思いながら、彼女に請われるままに白い飴玉を一つ渡した。

クラリッサはそれをぽいと口に放り込み、数秒舐めた。それから、疑問符を顔いっぱいに浮かべたリュシアンの肩に手を置く。彼女は背伸びをすると、真っ赤に染まった頬を傾け、リュシアンに深く口づけた。一瞬、驚きに目を見開いたリュシアンも、すぐに彼女とのキスに夢中になる。

ハッカ飴の爽やかで甘い味が、リュシアンの口にも広がった。どれだけでも味わっていたい素敵な味だ。だが、情熱的な口づけは長くは続かなかった。人目を気にしたクラリッサがするりと彼の腕から逃れたのだ。

「……私も、これで分かったの。あなたがコーヒーを飲んでるって」

ぽってりと腫れた唇を動かし、クラリッサが恥ずかしそうに打ち明ける。

「しまった……」

リュシアンの頬も真っ赤に染まった。

彼がコーヒーを飲むのは、クラリッサと離れて過ごす時だけ。そして、離れた後はどうしようもなく妻が恋しくなる。彼が人目を盗んでクラリッサに口づけるのは、いつも別々に過ごした直後だ。

リュシアンは穴があったら入りたいと言わんばかりの表情を浮かべたが、クラリッサはただ幸せだった。どんな時も自分を求めてくれることが、嬉しくてたまらない。


「馬車が来たよ、クラリッサ」

塔を眺めて追想に耽(ふけ)っていたクラリッサの肩に、リュシアンの手が置かれる。

王都に戻れば、リュシアンはこれまで以上に忙しくなるだろう。デュノア公爵主導の鉄道計画に、マイルズ商会も参加することになったのだから。

社交界に復帰したクラリッサも、これまで以上に侯爵としての務めを果たさなくてはならなくなる。

それでも、二人はもう大丈夫だと思えた。

彼はクラリッサを愛しているし、彼女もまた深くリュシアンを愛している。

もしもすれ違ったら何度でも喧嘩をして、お互いでなくてはならないと実感すればいい。

「では、帰りましょうか」

「ああ。フラムステラ・コートも確かに良かったけど、やっぱり我が家が一番だよ」

リュシアンはしみじみと言った。デュノア公爵が聞けば片眉を吊(つ)り上げそうな台詞だ。

「うちの屋敷もあなたのお蔭で見違えるほど美しくなったけれど、ここはフラムステラ・コートよ？　セルデン王国で知らない者はいない場所だわ」

クラリッサも全く同感だったが、わざと肩を竦めてからかってみる。

「うちには塔もなければ、肖像画も残ってない。額縁と一緒に売ってしまったもの」

「でも、君がいる」

リュシアンは間髪入れずに答えた。それからにっこり笑って付け加える。

「野草探しの名人もいるし、いけ好かない男を撃退してくれる助っ人もいる。有能な執事や使用人も。これ以上、他に望むものがある？」

「ないわね」

クラリッサは満ち足りた気分で、大切な夫の手を取った。

あとがき

はじめまして。ナツと申します。この度は本書を手に取って下さり、ありがとうございます。

こちらは「小説家になろう」というサイトで連載しておりました中編に、五万字ほど書き足し一冊に仕上げた本です。すでに完結しているお話を倍の長さにすることになり、悩みに悩みました。どこにどんなエピソードをどれくらいの量で挟むといいのか。元の雰囲気を壊してもいけないし、かといって既存のエピソードを長々と延ばすのも頂けない。編集担当者様に多くの助言を頂けたお蔭で、何とか完成させることが出来ました。（二人が惹かれあう過程を丁寧に追い、家族愛と新婚夫婦感に満ちた後日談を増やし、すれ違いを解決する場面は主役二人が目立つように改稿しました）

この物語を本書で初めて読む読者様にも、ウェブからの既存の読者様にも、楽しく読んで頂けるお話になったのではないかと思います。何より私自身が、改稿前よりもキュンとくる話になったと達成感を感じています。コンテストで賞を頂けなければ改稿することもなかったと思うので、本当に嬉しいです。

後書きを多く頂けたことですし、ここからは成り上がりものについての萌えを語ってみます。

すでに沢山の名作が出ていることもあり、成り上がりヒーロー×没落お嬢様ヒロインという設定は使い古されたもののようにも思えますが、王道大好きなんです。

お金はあるけれど、教養や身分がない。そんな男性が、自分の劣等感を激しく刺激してくる貴族のお嬢様と出会う。最初はガチガチに身構えて接するわけです。一方のお嬢様も、マナーのなってない偉そうな成金に反感を持ちます。

どう考えても合わない二人が、どんな風に相互理解を深め、惹かれあっていくのか。長い間ツンケンした結果、腐れ縁的に落ちていくのもよし。あっけなく仲良くなるものの、実は見えない壁に阻まれてモダモダするもよし。美味しさしかない設定なので、この組み合わせでもっともっと読みたいです。萌えが高じて自分でも書いてみたのですが、いかがでしたでしょうか。

もっとリュシアンを嫌な男にしても良かったかもしれませんね。普通に良い人になりました。若干のヘタレ風味は、私の好みによるところが大きいです。

好き過ぎて、空回りする。大切過ぎて、身動きが取れなくなる。完璧にカッコいい男性より、臆病で身勝手で可哀想な男性に萌えてしまいます。もちろん二次元に限りますが（笑）

こちらのお話のもう一つの主軸は「家族愛」でした。

『若草物語』を読んで育った作者なので、三姉妹という設定には大いに愛を込めました。常識人で苦労性な長女・クラリッサ。一歩引いた立場に立ちながらも、状況をよく見ている次女・シルヴィア。そして破天荒が売りの三女・リリー。普段は仲良しだけど、喧嘩もするし、張り合いもする。至って普通の三姉妹の、互いを思う静かな愛情を描けていたらいいなと思います。

本書を素敵なイラストで彩って下さったのは、宵マチ先生です。

表紙を初めて見た時は、あまりの美麗さに変な声が出ました。クラリッサの愛くるしい拗ね顔に、リュシアンの伊達男風なウィンク！ しかも衣装が素晴らしく繊細で、小物も凝っている！ ありがとうございます、イメージ通りの二人でした。

ピンナップには、なんと二人の妹も登場しています。こちらの二人もとっても可愛いです。大好きなイラストレーター様に三姉妹を描いて頂くことが出来、感激しました。挿絵はどれもその場面にぴったりで、溜息の嵐です。最後のキスシーンの二人の表情にはジーンとしてしまいました。皆様のお気に入りの挿絵はどれでしたか？ また感想をお聞かせ頂ければ幸いです。

最後になりましたが、沢山のアドバイスと優しいお心遣いで執筆を支えて下さった担当編集様をはじめ、出版にご尽力いただきました全ての関係者様に、篤くお礼申し上げます。本当にありがとうございました。

読者の皆様には特に感謝が絶えません。こうして読んで下さる皆様のお蔭で、本を出すことが出来ました。これからも精進して参りますので、どうぞよろしくお願い致します。

では、またどこかでお目にかかれることを祈って。

ナツ

IRIS NEO

『魔法使いの婚約者』

著：中村朱里　イラスト：サカノ景子

現世で事故に巻き込まれ、剣と魔法の世界に転生してしまった私。新しい世界で一緒にいてくれたのは、愛想はないが強大な魔力を持つ、絶世の美少年・エギエディルズだった。だが、心を通わせていたはずの幼馴染は、王宮筆頭魔法使いとして魔王討伐に旅立つことになってしまい――。
「小説家になろう」の人気作で、恋愛ファンタジー大賞金賞受賞作品、加筆修正・書き下ろし番外編を加えて堂々の書籍化！

IRIS NEO

『虫かぶり姫』

著：由唯　イラスト：椎名咲月

クリストファー王子の名ばかりの婚約者として過ごしてきた本好きの侯爵令嬢エリアーナ。彼女はある日、最近王子との仲が噂されている令嬢と王子が楽しげにしているところを目撃してしまった！　ついに王子に愛する女性が現れたのだと知ったエリアーナは、王子との婚約が解消されると思っていたけれど……。事態は思わぬ方向へと突き進み!?　本好き令嬢の勘違いラブファンタジーが、WEB掲載作品を大幅加筆修正＆書き下ろし中編を収録して書籍化!!

IRIS NEO

『指輪の選んだ婚約者』

著：茉雪ゆえ　イラスト：鳥飼やすゆき

恋愛に興味がなく、刺繍が大好きな伯爵令嬢アウローラ。彼女は、今日も夜会で壁の花になっていた。そこにぶつかってきたのはひとつの指輪。そして、“氷の貴公子”と名高い美貌の近衛騎士・クラヴィス次期侯爵による「私は指輪が選んだこの人を妻にする！」というとんでもない宣言で……⁉
恋愛には興味ナシ！な刺繍大好き伯爵令嬢と、絶世の美青年だけれど社交に少々問題アリ⁉な近衛騎士が繰り広げる、婚約ラブファンタジー♥

IRIS NEO

『マリエル・クララックの婚約』

著：桃 春花　イラスト：まろ

地味で目立たない子爵家令嬢マリエルに持ち込まれた縁談の相手は、令嬢たちの憧れの的である近衛騎士団副団長のシメオンだった⁉　名門伯爵家嫡男で出世株の筆頭、文武両道の完璧美青年が、なぜ平凡令嬢の婚約者に？　ねたみと嘲笑を浴びせる世間をよそに、マリエルは幸せ満喫中。「腹黒系眼鏡美形とか‼　大好物ですありがとう！」婚約者とその周りにひそかに萌える令嬢の物語。WEB掲載作を加筆修正＆書き下ろしを加え書籍化‼

IRIS NEO

『四竜帝の大陸』

著：林 ちい　イラスト：Izumi

ある日、手違いで異世界に召喚されてしまった鳥居りこ。彼女は、状況も言葉も分からず途方にくれていた。そんな中、日本語が分かる小さな白い竜が目の前に！　とっさに彼にすがりついた彼女は、なりゆきから名前のない彼に「ハク」と名前をつけたのだけれど……。えっ、それって求愛行動だったの⁉　しかも私、もうあなたの妻になっちゃってるの⁉　可愛い見た目を裏切る最凶最悪な竜の旦那様と、異世界事情に振り回される平凡なりこの異世界新婚ラブファンタジー。

IRIS NEO

『婚約者が悪役で困ってます』

著：散茶　イラスト：雲屋ゆきお

ある日、私・リジーアは気がついた。この世界は乙女ゲームで自分はモブだということに。しかも破滅ルートのある悪役、ベルンハルトと婚約することになってしまい……。かっこいいし有能な次期公爵だし、親切で優しい人だけど、もしかして裏では悪いことを!?　仲良くなって彼の破滅を回避しないと！　きっと、仲良くできる！　仲良くしてみせる！　……たぶん。
モブに転生した私が奮闘する、破滅回避の学園ラブファンタジー☆

クラリッサ・オルティスのささやかな願い
没落令嬢と成り上がり商人の恋のレッスン

2018年5月5日　初版発行

初出……「クラリッサ・オルティスのささやかな願い」
小説投稿サイト「小説家になろう」で掲載

著者　ナツ

イラスト　宵 マチ

発行者　原田 修

発行所　株式会社一迅社
〒160-0022 東京都新宿区新宿2-5-10 成信ビル8F
電話　03-5312-7432（編集）
電話　03-5312-6150（販売）
発売元：株式会社講談社（講談社・一迅社）

印刷所・製本　大日本印刷株式会社
ＤＴＰ　株式会社三協美術

装幀　coil

ISBN978-4-7580-9061-2
©ナツ／一迅社2018

Printed in JAPAN

おたよりの宛て先
〒160-0022 東京都新宿区新宿2-5-10 成信ビル8F
株式会社一迅社　ノベル編集部
ナツ 先生・宵 マチ 先生

●この作品はフィクションです。実際の人物・団体・事件などには関係ありません。

※落丁・乱丁本は株式会社一迅社販売部までお送りください。送料小社負担にてお取替えいたします。
※定価はカバーに表示してあります。
※本書のコピー、スキャン、デジタル化などの無断複製は、著作権法上の例外を除き禁じられています。
本書を代行業者などの第三者に依頼してスキャンやデジタル化をすることは、個人や家庭内の利用に限るものであっても著作権法上認められておりません。